Das Andere
24

Elisa Shua Dusapin
Inverno em Sokcho

Tradução de Priscila Catão
Editora Âyiné

Elisa Shua Dusapin
Inverno em Sokcho
Título original
Hiver à Sokcho
Tradução
Priscila Catão
Preparação
Marina Delfini
Revisão
Andrea Stahel
Ana Martini
Joelma Santos
Projeto gráfico
CCRZ
Imagem da capa
Julia Geiser

Direção editorial
Pedro Fonseca
Direção de arte
Daniella Domingues
Coordenação
de comunicação
Amabile Barel
Redação
Andrea Stahel
Designer assistente
Gabriela Forjaz
Conselho editorial
Lucas Mendes

© Editions Zoé, 2016
Elisa Shua Dusapin

© Editora Âyiné
Praça Carlos Chagas
30170-140 Belo Horizonte
ayine.com.br
info@ayine.com.br

Isbn 978-65-5998-159-5

Inverno em Sokcho

A autora agradece à escritora
Noëlle Revaz e ao editor
Alain Berset, por suas
preciosas críticas.

Ele chegou perdido, vestindo um sobretudo de lã.

Sua mala aos meus pés, tirou o gorro. Fisionomia ocidental. Olhos melancólicos. Cabelos penteados de lado. Seu olhar me atravessou sem me ver. Com ar contrariado, perguntou-me em inglês se poderia ficar alguns dias, o tempo de encontrar outra coisa. Entreguei-lhe um formulário. Deu-me seu passaporte para que eu mesma o preenchesse. Yan Kerrand, 1968, de Granville. Era francês. Na foto, ele estava com um ar mais jovem, o rosto menos macilento. Indiquei meu lápis para que assinasse, ele tirou uma caneta-tinteiro do sobretudo. Enquanto eu o cadastrava, ele tirou as luvas, colocou-as sobre o balcão, observou atentamente a poeira, a estatueta de gato em cima do computador. Pela primeira vez, senti necessidade de me justificar. Eu não era responsável pela decrepitude do lugar; estava trabalhando ali fazia apenas um mês.

Eram duas construções. Na primeira, recepção, cozinha, sala de estar, dois andares de quartos enfileirados. Tons de laranja e verde, lâmpadas azuladas. O velho Park era daquela época do pós-guerra em que clientes eram iscados como lulas: pelas luzes piscantes. Nos dias claros, enquanto estava no fogão, eu observava a praia se estender até os montes Ulsan, que se enchiam na direção do céu como os seios de uma matrona. A segunda construção, a algumas ruelas da primeira, tinha sido renovada da maneira tradicional, sobre pilotis, para facilitar o aquecimento solar e tornar habitáveis os dois quartos com painéis de *shoji*. No pátio interior, um chafariz gélido, uma castanheira nua. Nenhum guia turístico mencionava o estabelecimento do velho Park. As pessoas encalhavam lá por acaso, depois de beberem muito ou perderem o último ônibus.

O computador travou. Enquanto ele fazia alguns ruídos, instruí o francês a respeito da rotina da pensão. Normalmente, o velho Park se ocupava daquilo. Naquele dia, ele não estava lá. O café da manhã era das cinco às dez horas na cozinha contígua à recepção, atrás da esquadria de vidro. Havia torradas, manteiga, geleia, café, chá, suco de laranja e leite. Frutas e iogurtes, mil wons a serem colocados na cesta em cima da sanduicheira. A roupa suja deveria ser disposta na máquina no fundo do corredor do térreo; eu me encarregaria de lavar. Senha do wifi: ilovesokcho, tudo junto e em minúsculas. A loja de conveniência ficava aberta 24 horas,

50 metros à frente. Ônibus à esquerda, depois da loja de conveniência. Reserva natural de Seoraksan, a uma hora dali, aberta até o anoitecer. Lembrar de usar bons calçados por causa da neve. Sokcho, um balneário. Que ele estivesse avisado, não tinha muita coisa para fazer no inverno.

Os clientes eram raros naquela época. Um alpinista japonês e uma moça um pouco mais jovem do que eu, escapando da capital para se recuperar de uma cirurgia estética no rosto. Ela estava na pensão havia duas semanas, e seu namorado tinha chegado para passarem dez dias juntos. Alojei todos na casa principal. Após o falecimento da esposa de Park no ano anterior, a pensão funcionava lentamente. Park esvaziara os quartos do primeiro andar. Contando o meu e o de Park, todos estavam ocupados. O francês dormiria no anexo.

Era noite. Entramos numa ruela e seguimos até a tenda da sra. Kim. Suas almôndegas de porco exalavam uma mistura de alho e esgoto, cujo bueiro regurgitava eflúvios a três metros dali. As placas de gelo crepitavam sob nossos pés. Lâmpadas embaçadas. Depois de atravessar uma segunda ruela, chegamos ao pórtico.

Kerrand deslizou a porta. Pintura rosa, espelho de plástico imitando o barroco, escrivaninha, cobertor violeta. Seus cabelos roçavam o teto, a distância da parede à cama não chegava a dois passos seus. Eu o colocara no menor quarto de todos para me poupar na limpeza. O banheiro compartilhado ficava do outro lado do corredor, mas havia uma marquise percorrendo a casa, então ele não se molharia. De qualquer maneira, aquilo não o incomodou. Ele examinou as imperfeições do papel de parede, soltou a mala e me deu 5 mil wons, que quis lhe devolver. Ele insistiu com um tom de enfado.

No caminho de volta à recepção, fiz um desvio até o mercado de peixes para buscar as sobras que minha mãe separava para mim. Atravessei os becos até a barraca 42, sem prestar atenção nos olhares que se erguiam com a minha passagem. Vinte e três anos após meu pai seduzir minha mãe e partir sem deixar rastros, minha mestiçagem francesa ainda era motivo de fofoca.

Minha mãe, muito maquiada, como sempre, entregou-me uma sacola com minipolvos.

— Só tem isso agora. Ainda tem o molho de pimentão?

— Tenho.

— Vou te dar.

— Não precisa, ainda tenho.

— Por que você não usa?

— Eu uso!

Com um barulho de sucção, ela colocou as luvas amarelas de borracha e me olhou atentamente, com suspeita. Eu tinha emagrecido. O velho Park não me dava tempo para comer, ela ia ter uma conversa com ele. Protestei. Desde que começara a trabalhar, toda manhã eu me empanturrava de torradas e litros de café com leite; certamente não tinha emagrecido. O velho Park tinha levado muito tempo para se acostumar à minha comida, mas me deixava a cargo das refeições da pensão.

Os polvos eram minúsculos. Eu conseguia pegar uma dezena com uma mão só. Selecionei-os, caramelizei com chalotas, molho de soja, açúcar e o molho de pimentão diluído em água. Baixei o gás para que não secassem. Depois que o molho estava suficientemente reduzido, acrescentei gergelim e a massa de arroz glutinoso, o *tteok*, em rodelas de um dedo de espessura. Passei a fatiar cenouras. No reflexo delas na lâmina, as ranhuras vegetais se confundiam curiosamente com a pele dos meus dedos.

Uma corrente de ar esfriou o cômodo. Ao me virar, vi Kerrand entrando. Ele queria um copo d'água. Tomou-o observando a bancada da cozinha como se fosse um quadro que não entendesse. Desconcentrada, cortei a palma da mão. O sangue espumou em cima das cenouras e endureceu, formando uma crosta escura. Kerrand tirou um lenço do bolso. Ele se aproximou para colocá-lo na minha ferida.

— Tem que prestar atenção.

— Não foi de propósito.

— Ainda bem.

Ele sorriu, pressionando sua mão na minha. Eu me afastei, pouco à vontade. Ele apontou para a frigideira.

— É para esta noite?

— Sim, às 19h, na sala aqui ao lado.

— Tem sangue.

Constatação, nojo, ironia. Não entendi a natureza do seu tom. Naquele meio-tempo, ele saiu.

Não apareceu para o jantar.

Agachada na cozinha, o queixo afundado no pescoço, minha mãe mergulhava os braços num balde. Misturava fígado de peixe, alho-poró e macarrão de batata-doce para rechear as lulas. Seu embutido era conhecido como um dos melhores da cidade.

— Olhe como estou amassando. O recheio se espalha.

Eu mal estava escutando. O suco borrifava do balde, indo parar ao redor das nossas botas antes de escorrer na direção do ralo no centro do cômodo. Minha mãe morava no porto, em um apartamento reservado para os pescadores, debaixo dos hangares de descarregamento. Barulhento. Não era caro. Foi onde cresci. Eu a visitava do domingo à noite até a segunda, meu dia de folga. Depois que fui embora, ela tinha dificuldade em dormir sozinha.

Enquanto me entregava uma lula para que eu recheasse, minha mãe colocou a luva manchada de fígado no meu quadril e suspirou:

— Uma moça tão bonita, e ainda não se casou...

— Eu precisava arrumar um emprego primeiro. Ainda dá tempo.

— Sempre achamos que temos tempo.

— Não tenho nem 25 anos.

— Exatamente.

Prometi que o noivado se concretizaria em menos de um mês. Minha mãe voltou à sua tarefa, mais tranquila.

Naquela noite, nos lençóis úmidos, esmagada por sua cabeça na minha barriga, fiquei sentindo seu peito subir e descer no ritmo do seu corpo adormecido. Tinha me acostumado a dormir sozinha na pensão. Naquele momento, os roncos da minha mãe me perturbavam. Contei as gotas de saliva que escapavam uma a uma dos seus lábios entreabertos, caindo na lateral do meu corpo.

No dia seguinte, fui caminhar na praia que costeava Sokcho. Eu adorava aquele litoral, mesmo com as cercas elétricas. A Coreia do Norte ficava a apenas 60 quilômetros. Uma silhueta arranhada pelo vento se destacou na enseada em obras. Pensei no nome do passaporte. Yan Kerrand. Ele avançava na minha direção. Depois de brotar de uma pilha de redes, um cachorro passou a segui-lo, farejando sua calça. Um operário o chamou. Kerrand tinha parado para fazer carinho nele e falou algo como *"That's ok!"*, mas o homem prendeu o animal, então ele voltou a andar.

Depois que ele me alcançou, passei a andar no mesmo ritmo que ele.

— Essa paisagem invernal é bonita — ele gritou no meio de uma rajada, indicando a praia em um gesto com o braço.

Ele devia estar mentindo, mas sorri. No cais de embarque, os cargueiros emitiam gritos metálicos.

— Faz tempo que trabalha aqui?

— Desde que terminei meus estudos.

O vento fez seu gorro escorregar.

— Pode falar mais alto? — pediu, seguran-do-o nas orelhas.

Eu só conseguia enxergar uma estreita faixa do seu rosto. Em vez de erguer a voz, aproximei-me. Ele queria saber o que eu tinha estudado. Literatura coreana e francesa.

— Então você fala francês.

— Não muito.

Na verdade, meu francês era melhor do que o inglês que usávamos para nos comunicar, mas estava me sentindo intimidada. Felizmente, ele se contentou em assentir com a cabeça. Eu ia dizer que era por causa do meu pai, mas me contive. Ele não precisava saber.

— Sabe onde posso encontrar tinta e papel?

A papelaria de Sokcho fechava no mês de janeiro. Indiquei o caminho do supermercado mais próximo.

— Quer me acompanhar?

— Não tenho muito tempo...

Ele me analisou sob suas sobrancelhas.

Aceitei.

Passamos por uma planície de concreto. No meio dela, elevava-se uma torre panorâmica de onde jorravam os gemidos de um cantor de K-Pop. No centro, os gerentes dos restaurantes, de botas amarelas e bonés verdes, gesticulavam na frente de seus aquários para nos atrair. Kerrand parecia andar pelas ruas de Sokcho sem ser afetado pelos caranguejos e pelas ventosas grudadas nos vidros.

— O que o trouxe a Sokcho durante o inverno?

— Eu estava precisando de tranquilidade.

— Escolheu a cidade ideal — brinquei.

Ele permaneceu sem expressão alguma. Talvez eu o estivesse irritando. Porém, falei para mim mesma, eu não precisava me sentir culpada por causa do humor dele nem por interromper os silêncios. Ele tinha me pedido um serviço, eu não lhe devia nada. Um cachorro de pouco pelo se aproximou dele.

— Os cachorros parecem gostar de você.

Kerrand o enxotou delicadamente.

— É porque faz uma semana que estou vestindo a mesma roupa. Ela está fedendo tanto quanto eles.

— Eu te falei que lavo as roupas...

— Não quis que você derramasse sangue nas minhas roupas.

Se era uma piada, achei incompreensível. Eu gostava do cheiro dele. Era uma mistura de gengibre e incensos.

No Lotte Mart, ele pegou uma caneta-tinteiro, virou-a para um lado, para o outro e depois a colocou no lugar. Em seguida, rasgou uma embalagem de blocos de papel para cheirá-los. Conferi se não havia nenhuma câmera em cima de nós. Kerrand tocou nos diferentes tipos de folhas. As mais ásperas pareciam lhe agradar. Ele as fez estalar, aproximou-as da boca e da ponta da língua, provou a extremidade de uma delas. Satisfeito, partiu para outra seção. Escondi atrás dos fichários os blocos que ele tinha aberto. Quando me aproximei de novo, ele ainda não tinha encontrado o que queria. Tinta em tinteiro, não em cartucho. Pedi ao caixa que pegasse dois tipos no depósito. Uma do Japão, outra da Coreia. Kerrand recusou a japonesa, secava rápido demais, e quis testar a coreana. Não era possível. Kerrand levantou a cabeça. Pediu novamente. O caixa se irritou. Insisti em coreano até ele ceder. Kerrand desenhou algumas linhas em um caderno de desenho que tirou do sobretudo. Por fim, comprou a tinta japonesa.

No ponto de ônibus, ficamos a sós.

— Então você é francês.

— Da Normandia.

Baixei o queixo, indicando que tinha entendido.

— Você conhece? — perguntou ele.

— Eu li Maupassant...

Ele se virou para mim.

— Como você acha que é lá?

Refleti.

— Bonito... um pouco triste.

— A minha Normandia não é mais aquela de Maupassant.

— Talvez. Mas é como Sokcho.

Kerrand não respondeu. Ele jamais conheceria Sokcho como eu. Não era possível querer conhecê-la sem ter nascido nela, sem ter vivido seu inverno, seus odores, seu polvo. Sua solidão.

— Você lê muito? — perguntou ele.

— Antes dos meus estudos, sim. Antes eu lia com o coração. Agora, leio com o cérebro.

Ele assentiu com a cabeça, fechando as mãos novamente em torno do seu embrulho.

— E você?

— Se eu leio?

— O que faz da vida?

— Desenho quadrinhos.

A palavra *comics* soava falsa em sua boca. Imaginei festivais, filas de leitores. Talvez ele fosse conhecido. Eu não lia quadrinhos.

— Sua história se passa aqui?

— Ainda não sei. Talvez.

— Está de férias?

— No meu trabalho, não existem férias.

Ele subiu no ônibus. Nós nos sentamos perto da janela, cada um de um lado do corredor. A luz tinha diminuído. Era possível ver o reflexo de

Kerrand no vidro, com seu embrulho nos joelhos. Ele tinha fechado os olhos. O nariz se destacava como um esquadro. Nos seus lábios estreitos nascia um delta de linhas que se tornariam rugas. Ele tinha feito a barba. Subindo até seus olhos, percebi que ele também me observava pelo reflexo do vidro. O mesmo olhar da sua chegada na pensão, aquele ar de afabilidade misturada com tédio. Baixei a cabeça. O alto-falante anunciou nossa parada. Antes de entrar na rua do anexo, Kerrand encostou no meu ombro.

— Obrigado pela tarde de hoje.

Ainda naquela noite, ele não apareceu para o jantar. Estimulada por nosso passeio, levei para ele um prato menos apimentado que o dos outros hóspedes.

Encurvado na beira da cama, sua silhueta se perfilava à contraluz. A porta não estava completamente fechada. Depois de encostar a face na armação da porta, vi sua mão se mexer em cima de uma folha. Ela estava apoiada em uma pasta para desenho em cima dos seus joelhos. Entre seus dedos, o lápis buscava seu caminho, avançava, recuava, hesitava, retomava sua investigação. A ponta ainda não tinha encostado no papel. Quando Kerrand começou a desenhar, seu traço foi irregular. Ele retomou as linhas várias vezes, como se desejasse apagá-las, corrigi-las, mas cada pressão as tornava mais fixas. O tema, irreconhecível. Uma ramagem, talvez uma pilha de ferro-velho. Acabei reconhecendo o início de um olho. Um olho escuro sob uma cabeleira despenteada. O lápis seguiu sua rota até uma silhueta feminina aparecer. Olhos um pouco grandes demais, uma boca minúscula. Ela era bonita, ele devia ter parado ali. Mas continuou avançando nos traços, torcendo os lábios pouco a pouco, deformando o queixo, perfurando o olhar, trocou o lápis por uma caneta-tinteiro e tinta para pincelar o papel com uma determinação lenta, até que a mulher não passasse de uma massa escura, disforme. Ele a colocou em cima da escrivaninha. A tinta escorreu até o assoalho. Uma aranha começou a percorrer sua perna, ele não a afastou. Ficou contemplando sua obra. Com um gesto mecânico, rasgou um canto da folha. Passou a mascá-la lentamente.

Temi que me flagrasse ali. Em silêncio, deixei a bandeja e fui embora.

Deitada na cama, eu folheava as páginas de um livro, distraída. Jun-oh entrou. Reflexos achocolatados nos cabelos. Tinha ido ao cabeleireiro.

— Você podia ter batido.

Park o deixara entrar. Ele tirou os sapatos. Havia neve nas solas.

— Deixe aí fora.

Ele disse que iria embora se eu continuasse daquele jeito. Para mim, tanto fazia. Se ficasse, que deixasse os sapatos do lado de fora. Ele o fez resmungando, antes de se sentar ao meu lado e perguntar o que eu estava lendo. Inclinei a capa do livro. Ele afastou meu braço para levantar meu suéter. Meus seios se eriçaram. Sua mão, gélida, mergulhou na minha carne. Ele não disse nada, mas senti que estava me julgando, me comparando, me pesando, me medindo. Afastei-o. Jun-oh suspirou. Depois estendeu o celular para me mostrar o site de uma agência de modelos em Gangnam. Ele viajaria em dois dias para uma entrevista. Ele se levantou, se observou no espelho, disse que provavelmente não precisaria de cirurgia mas, se fosse necessário, estava disposto a refazer o nariz, o queixo e os olhos. Depois se virou para mim. Naquela época, as clínicas faziam promoções e valia a pena se informar, ele me traria os catálogos de rostos. Ele examinou a parte de trás de sua orelha direita. Na opinião dele, sempre era possível melhorar alguma coisa. Principalmente no meu caso, já que depois eu queria trabalhar em Seul. Mesmo que na área de Letras a aparência física importasse menos. Enfim, tudo dependia do cargo. Ele se sentou de novo, com a mão na minha coxa. Eu estava usando um vestido-suéter e tinha tirado a meia-calça. Ele deslizou o dedo por cima da minha cicatriz, longa, um vestígio fino de quando caí num gancho de pesca na infância. Soltei o livro bruscamente.

— Tá bom. Como você queria que eu fosse? Me diga.

Ele riu. Por que a agressividade? Ele me achava perfeita. Colocou uma mecha do meu cabelo atrás da orelha e se deitou com uma perna em cima das minhas para me beijar. Não abri os lábios para sua língua. Ele reclamou que eu nunca sentia vontade, que passaríamos dias sem nos ver. Falei que ficaria com saudade, mas que tinha muito o que fazer na pensão e o tempo passaria rápido. Jun-oh foi embora batendo a porta ruidosamente, mas deixando claro que eu poderia dormir na casa dele no dia seguinte se quisesse.

Nove e meia da manhã. Eu estava lavando a louça do café. O casal chegou de pijamas idênticos, rosa para ela, cinza para ele. Com gestos cansados, ela se serviu de café. Seus curativos lhe davam a aparência de um panda. Ela tomou iogurte usando a ponta da colher. Ele comeu torradas com geleia de caqui. Os dois ficaram durante algum tempo à mesa, cada um encarando seu celular, o wifi era mais rápido que no quarto deles. O alpinista comia às cinco e meia, antes de partir para a montanha. Café preto, quatro fatias de pão natural, uma banana fatiada no sentido do comprimento com manteiga.

Pelo vidro que separava a cozinha da recep-ção, vi Kerrand entrar. Ele abordou o velho Park, que me chamou aborrecido, não falava inglês muito bem. Deixei a louça na bancada da cozinha, enxu-guei as mãos e esperei o vapor d'água se dissipar dos meus óculos para me juntar aos dois. Ele tinha perguntado sobre uma excursão para a fronteira com a Coreia do Norte. Expliquei a Kerrand que o ônibus o levaria somente até o posto de controle de veículos, que ao observatório que ficava na terra de ninguém só se podia chegar com seu próprio carro. Kerrand quis alugar um. Park ligou para a locadora. Era necessário ter carteira de motorista internacional. Kerrand não tinha. No entanto, insistiu ele, tinha a carteira francesa. Park lamentou. Sugeri que eu mesma dirigisse. Eles me olharam com atenção, surpresos. Park concordou, contanto que os quartos estivessem arrumados.

— Podemos ir outro dia, se preferir — disse Kerrand.

Ficou combinado que iríamos na segunda. Perguntei a Kerrand se ele tinha comido, porque em breve eu faria a limpeza. Ele estava sem fome e ia sair para uma caminhada.

Aproveitando a ausência dele, fui limpar o anexo. A bandeja continuava onde eu a deixara, intacta. Kerrand a tinha visto, pois era necessário passar por cima dela para ir até a recepção. Ele poderia ter trazido a bandeja. Ou pelo menos ter me agradecido. Disse a mim mesma que ele não merecia que eu perdesse meu tempo para levá-lo até a fronteira.

Amenizada pela cortina, a luz aquecia as tonalidades do seu quarto. Vi novamente a tinta preta ao longo da mesa. Ele devia ter esfregado a mancha com algum pano, ela tinha sumido. Um fio de fumaça serpenteava de um incensário. Do lado dele havia uma embalagem de incensos do templo de Naksan. A mala estava num canto do quarto. Pelo tamanho dela, ele não devia conseguir guardar ali mais de duas, três mudas de roupa. Eu a entreabri. Roupas bem dobradas, tinta, pincéis envoltos em seda selvagem, um livro. Numa bolsa de carteiro, vi os blocos de papel que ele tinha comprado comigo, intactos. Por achar que ele poderia voltar antes que eu conseguisse terminar, comecei a esfregar o piso com detergente. A tinta tinha sumido, mas restavam algumas marcas. Esvaziei a lixeira, tirando um pacote do Dunkin' Donuts e a embalagem de um cheesecake do Paris Baguette. Antes de ir embora, conferi se tinha fechado bem a mala.

No corredor do prédio principal, o casal se preparava para sair. Ele a segurava pela cintura, ela se apoiava nele, pendurada em saltos que a faziam caminhar como um avestruz. Ele me pediu para limpar o quarto antes que os dois voltassem, ao meio-dia. Limpei rapidamente. Trocar os lençóis, abrir o quarto para ventilar. Na lixeira deles, dois preservativos, a embalagem de um creme noturno para o rosto, cascas de tangerina.

Jun-oh ainda dormia, suas costas contra a minha barriga. Com a ponta do dedo, eu estava traçando a linha de seus ombros. O despertador tocou. Ele o desligou murmurando. Seu hálito cheirava a soju. Tínhamos bebido muito, minha cabeça pesava. A força da minha mão não parecia real. Ele pegou a Polaroid debaixo da cama e me enquadrou no visor, queria tirar uma foto minha. Escondi meu rosto debaixo dos lençóis. Ele tirou a foto. Quando voltei, ele estava afivelando o cinto. Tinha perdido peso, músculo. Enquanto abotoava a camisa, ele comprimiu os lábios. Como uma criança, pensei, irritada. Quando voltou do banheiro, beijou minha testa antes de pegar sua bolsa e sair do quarto, deixando comigo as chaves, que eu lhe devolveria quando ele voltasse da capital.

Esperei o barulho dos seus passos desaparecer na escada para me levantar. Ele tinha esquecido a foto na cama. Virei-a. As cores ainda não estavam totalmente reveladas. Formato retrato. Minha lombar se estendia em primeiro plano na direção de um deserto de costas e omoplatas. Salientes, constatei surpresa. Depois pensei que eu nunca via minhas próprias costas, era normal que não me reconhecesse. Vesti-me com pressa, sem tomar banho.

Jun-oh morava num estúdio no centro da cidade, bastante longe da pensão. Tive tempo de voltar a pé. Um raio de sol fazia a neve derreter por cima da areia. Imaginei a silhueta de um homem como no outro dia, encurvado em seu sobretudo de lã, como um salgueiro ao vento.

Eu estava sozinha.

Quando voltava, começou a chover. Park tinha o costume de proteger os móveis externos com um toldo que ficava guardado no terraço do teto. Fui procurá-lo. O alçapão estava aberto. Kerrand, na balaustrada, debaixo de um guarda-chuva. Ele me cumprimentou movendo a cabeça antes de voltar a contemplar a cidade.

— Podemos dizer que é um mundo Playmobil — ele disse quando eu descia com pressa, o toldo nos braços.

— Como?

— Aqueles pequenos bonecos coloridos...

— Eu sei o que é Playmobil.

— Quando compramos uma caixa, sempre vêm acessórios, pequenas construções de tetos coloridos. Sokcho me fez pensar nisso.

Eu nunca observara Sokcho de verdade. Não era uma cidade para isso. Juntei-me a Kerrand. Na nossa frente, um magma de metal laranja e azul, os restos do cinema carbonizado. Mais distante, o porto, o mercado de peixes. Pensei na minha mãe naquela região. Kerrand me observava de soslaio. Agradeceu a arrumação. Acenei com a cabeça, também sem olhar diretamente para ele.

Ele tinha pagado pela meia pensão, mas nunca aparecia para comer. Não devia gostar da culinária coreana. Na véspera, eu lhe dissera que faria massa ao molho branco, uma receita francesa. Ele não apareceu, Park e os outros hóspedes não gostaram do macarrão, e ainda encontrei embalagens de doces no quarto dele. Decidi que não me esforçaria mais por um desconhecido que não gostava da comida local. Porém, seu desenho se contorcia na minha cabeça.

Passei um momento em suspensão.

— Ainda vamos à fronteira na segunda? — perguntou ele.

— Vamos.

Um pouco frustrada, virei-me para ele. Ainda passaria muito tempo no terraço? Senão, eu ia trancar. Ele ainda ficaria lá.

Decidi ir aos *jjimjilbangs*. Fazia muito tempo que eu não ficava de molho em um banho termal sulfuroso, aquilo me faria bem. Fiz uma esfoliação demorada com uma escova de cerdas de javali para desincrustar o sebo e as células mortas dos pés, das pernas, das nádegas, da barriga, dos braços, dos ombros e dos seios que cobriam meu corpo, antes de mergulhar na água escaldante, até a pele se dissolver em uma massa de músculos e gordura tão rosada quanto minha cicatriz da coxa.

O vento dispersava as nuvens sobre o asfalto. Fim do dia. De cada lado da estrada, carcaças de cidades. Papelões, plásticos, toldos azuis. A província de Gangwon tinha sido esquecida pela urbanização do país depois da guerra. Pedi para Kerrand acelerar, ou chegaríamos tarde demais para a visita. Eu traduzia as placas de trânsito para ele. No momento de entrar no carro, entreguei-lhe as chaves. Eu odiava dirigir e nunca tivera a intenção de fazê-lo por ele. Ele se alegrou.

No posto de controle de veículos, um militar mais jovem do que eu nos fez preencher formulários. Em um alto-falante, as ordens, repetidas vezes. Proibido fotografar. Proibido filmar. Proibido sair do percurso indicado. Proibido falar alto. Proibido rir. Entreguei os papéis ao rapaz. Ele saudou a nação, e a grade se abriu para a terra de ninguém. Bege e cinza a perder de vista. Juncos. Pântanos. Uma árvore ocasional. Era necessário dirigir por

2 quilômetros para chegar ao observatório. Um comboio armado nos escoltou antes da bifurcação. Estávamos sozinhos na estrada. Ela começou a serpentear entre as fossas cobertas de neve. De repente Kerrand pisou no freio, lançando-me contra o para-brisa.

— Achei que ela estivesse atravessando — disse ele, sem fôlego, com as mãos agarradas ao volante.

No acostamento, uma mulher. Encurvada debaixo de um casaco rosa. Kerrand gesticulou indicando que ela podia atravessar. Ela não se mexeu, com as mãos unidas nas costas. Ele voltou a dirigir com prudência. Pelo retrovisor, vi quando ela avançou atrás de nós. Ela nos acompanhou com o olhar até desaparecermos numa curva. O aquecimento estava ressecando minha garganta.

No estacionamento do observatório, o vento bateu nossos casacos ruidosamente contra nossas pernas. Um cheiro de óleo frio emanava de uma barraca de *tteok*. Kerrand guardou as mãos nos bolsos, deixando seu caderno à mostra no da direita. Subimos a colina até o observatório. Uma fileira de binóculos. Por quinhentos wons era possível observar a Coreia do Norte. Depositei uma moeda. A geada fazia nossas pálpebras colarem no contorno metálico. À direita, o oceano. À esquerda, a cadeia de montanhas. À frente, a névoa. Não se podia esperar mais que isso com aquele clima. Descemos de volta até o estacionamento.

A vendedora de fritura estava falando com a mulher que tínhamos encontrado antes. Assim que me reconheceu, ela alcançou minha garganta e acariciou minha bochecha com a mão áspera. Afastei-me bruscamente. Ela soltou um gritinho. Segurei o braço de Kerrand, ele me virou pelos ombros com calma.

— O que ela disse?

— Que somos filhos de Deus... Ela me acha bonita.

A vendedora me mostrou um bolinho que boiava na panela. Ao se infiltrar por seus poros, o óleo expulsava o ar com pequenas bolhas. Neguei com a cabeça, sem energia. A outra ainda gemia. Kerrand me chamou para o carro.

Uma vez lá dentro, escorei as pernas na ventilação e esfreguei as mãos nas coxas. Não estava conseguindo me esquentar. Fomos na direção do museu. Era fim de tarde, eu não tinha comido nada desde o dia anterior. Comi cada migalha de um Choco Pie cuja embalagem roxa tinha explodido no fundo da minha bolsa.

— Quando foi a última vez que você veio aqui? — perguntou Kerrand.

— É minha primeira vez.

— Você nunca veio? Quer dizer, nem por solidariedade?

— Chorar por trás daqueles binóculos, que solidariedade.

— Não foi isso que eu quis dizer.

— Só turistas vêm aqui.

Kerrand não comentou mais nada. Na entrada do museu, dentro de um compartimento esterilizado, um rosto feminino aproximou seu orifício bucal do microfone. *Five thousand wons*.

— Para duas pessoas? — perguntei.

Os globos oculares se ergueram com lentidão. *Yes, for two people*. Kerrand agradeceu. Contive minha humilhação por ela não ter me respondido na minha língua na frente dele. O percurso nos foi indicado por uma mão de látex.

Tudo era exagerado. Grande, frio, vazio. O estampido dos nossos calçados ressoava no piso de mármore. Kerrand deambulava com as mãos nos bolsos, parecendo isolado. Terminou parando diante de um balcão com capacetes de couro e pediu que eu traduzisse a legenda.

Ela resumia o conflito que contrapunha desde 1950 as duas Coreias, a do Norte, defendida pelos soviéticos e pela China, e a do Sul, pelos Estados Unidos e pela ONU, até a assinatura do armistício em 27 de julho de 1953 e a criação dessa fronteira no trigésimo oitavo paralelo, a mais militarizada do mundo, no meio de uma terra de ninguém de 238 quilômetros de comprimento e quatro de largura. Em três anos, dois a quatro milhões de mortos, somando civis e militares. Nenhum tratado de paz jamais foi assinado.

Kerrand me escutava concentrado, de cabeça baixa, a mão na testa para afastar os cabelos. Quanto a mim, a única vitrine que chamou minha atenção continha os sapatos dos estudantes do Norte e embalagens azuis de Choco Pie. Se a separação não tivesse acontecido, eu teria comido um Choco Pie de embalagem azul, e não roxa. Aqueles que estavam dentro do expositor seriam os originais? E o doce ainda estava ali dentro ou aquilo tinha sido fabricado para o museu?

Olhei a hora no celular. A ponta do meu dedo embranquecera. Apalpei-o, não senti nada. Dez minutos depois, o sangue não tinha voltado. Mostrei para Kerrand. Ele segurou minha mão na sua, quente, e disse que não era normal eu estar com tanto frio assim. Eu sempre sentia frio. Ele balançou a cabeça, colocou minha mão no seu bolso.

A última sala do museu reconstituía um acampamento militar. No fundo do cômodo, havia estátuas de cera de homens deitados na palha. A sala também funcionava como loja de souvenirs. Era possível comprar bebidas alcoólicas de Pyongyang, desenhos de crianças, broches com a efígie dos ditadores do Norte. Por trás de um balcão, um manequim de mulher olhava para frente de uniforme cinza. Eu me aproximei. Pálpebras pestanejaram. Estava vivo. Uma vendedora. Tentei capturar seu olhar. Nem movimento dos lábios, nem elevação das sobrancelhas.

Falei para Kerrand que queria ir embora dali.

Ficamos em silêncio na volta. Sob as marteladas da chuva, o mar se empertigava como espinhos de um ouriço. Kerrand dirigia com a mão esquerda, a outra na marcha, roçando meu joelho. Suas luvas, em cima do caderno entre nós dois. Restos de tinta sombreavam suas unhas. Incomodada, me mantive perto da porta. A inclinação do assento deixava minha posição desconfortável.

Ainda naquela noite, espiei por sua porta entreaberta. Ele parecia mais velho, encurvado diante da mesa. Tinha rabiscado um busto de mulher arqueado, seios nus, pés semiescondidos pela curva de uma nádega. Ela estava rolando em cima de um futon. Ele desenhou a base, os detalhes do futon, como se para evitá-la, mas seu corpo sem rosto reivindicava a vida. Após terminar a decoração com o lápis, ele pegou a caneta-tinteiro para dar olhos à mulher. Ela se sentou. Postura ereta. Cabelos para trás. O queixo esperava sua boca. A respiração de

Kerrand se acelerou no ritmo dos movimentos da sua caneta, até dentes muito brancos caírem na gargalhada na folha. Uma voz baixa demais para uma mulher. Kerrand fez toda a tinta do frasco escorrer, a mulher hesitou, tentou gritar, mas o preto deslizou entre seus lábios até ela desaparecer.

O site de busca coreano não tinha nenhuma informação sobre "Yan Kerrand". Por outro lado, o google.fr me permitiu descobrir trechos de seus quadrinhos. Ele assinava "Yan". O último e décimo tomo de sua série mais conhecida seria lançado no ano seguinte. Por meio dos comentários de leitores e críticas, entendi que se tratava de uma história de um arqueólogo que percorria o mundo. A cada álbum, um novo local, uma viagem em uma aquarela sem cores. Poucas palavras, sem diálogos. Um homem solitário. Impressionante sua semelhança física com o autor. Seus contornos se isolavam com nitidez, e os outros personagens frequentemente apareciam só como sombras. Às vezes muito maior do que eles, como um gigante desajeitado, ou o oposto, minúsculo, somente o herói tinha traços distintos. Os outros se esvaeciam por trás dos detalhes de uma cadeira, de um seixo, de uma folha. Uma foto de divulgação mostrava Kerrand recebendo um prêmio. Ele estava com um sorriso envergonhado. Uma ruiva quase tão alta quanto ele o acompanhava, rosto quadrado, cabelos curtos. Uma assessora de imprensa? Sua esposa? Os dois não combinavam. Pensei que um homem casado não viajaria sem data de retorno. Ela não parecia a mulher que ele desenhou, de contornos mais suaves, quando o observei à noite.

Uma luz fria banhava meu quarto. Abri a janela. Quando me senti mais acordada, fechei-a de novo. Vesti um suéter, mudei de opinião, troquei o suéter por uma túnica de tecido sintético. Olhei-me no espelho. Tirei a túnica. Meu cabelo estava em pé. Lambi a mão para apertá-lo na minha cabeça, vesti de novo o suéter.

Na cozinha, o jovem de roupas desleixadas disse que sua namorada ainda estava dormindo, não iria tomar café da manhã. O japonês também não apareceu. Eu já tinha desistido de esperar Kerrand. Desocupada, tomei um café com bastante leite.

Meu telefone tocou. Jun-oh. Fazia dois dias que ele tinha viajado, e para mim sua existência era quase impalpável. Ele tinha ficado preso lá, passaria mais tempo do que o previsto em Seul para um período de testes. Não perguntou como eu estava, mas disse que sentia minha falta.

Park chegou, pediu que eu lhe servisse um bolo de *tteok* com feijão-vermelho. Ele tinha visto o alpinista? Resmungou que o japonês tinha partido na véspera para Tóquio, algo que eu saberia se tivesse arrumado seu quarto.

— Era meu dia de folga — defendi-me.

Ele retrucou que eu deveria ter arrumado de todo jeito, para o caso de outros hóspedes chegarem. Como se eles estivessem chegando aos bandos, zombei mentalmente.

Detrás do balcão, Park passou a manhã me observando de soslaio. Devia ter percebido que eu não estava tratando o francês como os outros hóspedes. Kerrand tinha chegado havia quase duas semanas. Nós o víamos pouco, mas, mesmo quando não estava, deixava a porta do quarto aberta. Eu limpava seu quarto minuciosamente, tomando cuidado para não mudar suas coisas de lugar. Uma vez ou outra, encontrei esboços do seu herói. Nada definitivo, ele jogava fora muito papel. A mulher dos desenhos noturnos, encontrei-a rasgada no lixo.

Minha mãe tinha marcado um encontro à tarde comigo para me comprar uma roupa tradicional. O Ano-Novo lunar se aproximava, e na opinião dela estava na hora de eu ter roupas de mulher. Aquilo me fez rir. Eu não usava roupas tradicionais no Seollal havia anos, mas minha tia, sua irmã mais velha, viria de Seul para nos visitar. Minha mãe queria me deixar o mais refinada possível.

Kerrand estava chegando na minha frente à ruela da sra. Kim, com seu sobretudo nos braços. Não tive tempo de avisá-lo a respeito da placa de gelo em que ele caiu. Acudi-o.

— Está muito escuro — disse ele, franzindo o rosto e se levantando.

— É o inverno...

— É.

— A gente se acostuma.

— Mesmo?

Ele se limpou, com o rosto avermelhado por causa do frio.

— Sim — menti.

Olhei ao nosso redor.

— As placas de neon, tudo isso... a gente se acostuma.

Ele bateu as luvas uma na outra para tirar a sujeira. Indiquei o sobretudo no chão.

— Vai me deixar lavar suas roupas?

Sem ressaltar minha ironia, Kerrand pegou o sobretudo. Tinha derramado tinta, lamentava. Como ele parecia realmente encabulado, falei que não tinha problema.

— Posso entregar pra você? — perguntou ele, aliviado.

Estendi os braços. Ele balançou a cabeça.

— Não quero que leve, só saber se pode lavá-lo.

— Posso — respondi.

— Coloco na máquina?

— Não, preciso usar um produto especial na tinta.

Ele baixou os ombros.

— Deixe tudo no seu quarto, eu resolvo.

— Não quero incomodá-la. Prefiro levar até onde você quiser.

Eu ia me atrasar, mas tinha ficado bem contente com aquele imprevisto.

Na lavanderia, falei para Kerrand que tinha me informado um pouco sobre seu trabalho. Ele me perguntou se eu lia quadrinhos. Pouco. Mas me interessava.

— Seu último álbum vai sair em breve, não é?

— Segundo meu editor, sim.

— Problema de inspiração?

Ele esboçou um sorriso.

— A inspiração é uma pequena parte do trabalho.

— Seus desenhos são bonitos.

Pensei que eu não conhecia os critérios objetivos para julgar o que era bonito ou não numa imagem.

— Quer dizer, gostei dos seus desenhos.

Estava torcendo para ele não me pedir para descrever o que eu gostava no seu traço, não em inglês. E fazia dois anos que eu não pronunciava uma única palavra em francês. Pincelei o tira-manchas no sobretudo, sem me sentir à vontade com Kerrand atrás de mim. Estava úmido e quente, eu não tinha passado desodorante nas axilas. Por fim, ele saiu da lavanderia. Desdobrei o sobretudo. A camisa que ele estava vestindo na noite do desenho caiu de dentro dele. Amarrotei-a entre meus dedos, libertando o odor enclausurado do linho.

Sob o olhar da minha mãe, a vendedora me fez provar diferentes conjuntos até concordarmos com um vermelho e amarelo, as cores da juventude. Um colete de mangas bufantes, uma saia de seda que começava debaixo dos meus seios e escondia meu corpo até os pés. Eu parecia obesa.

Ao sairmos da loja, minha mãe se virou para a vitrine a fim de analisar uma blusa rosa com bordados dourados.

— O que acha dela? — perguntou.

Eu ri. Ela comprimiu os lábios, baixou a cabeça. Tentei compensar dizendo que não tinha rido por motivo algum, que ela só precisava provar, e além disso fazia bastante tempo que ela não comprava roupas para si mesma. Reajustando a bolsa no ombro, ela respondeu que a blusa não era muito seu estilo.

Eu raramente via minha mãe sem seu uniforme plastificado de peixeira. Naquele dia, ela estava com uma calça de veludo, tênis de caminhada, tinha prendido o cabelo com uma bandana que não combinava com o batom. Ela andava segurando o diafragma, com a respiração sofreada. Ao perceber minha inquietação, disse que não era nada, uma dor bem pequena. Certamente era a umidade. Eu queria que ela marcasse uma consulta com o médico.

— Pare de se preocupar. Vamos! Vamos sair para comer. Pelo menos desta vez posso passar um tempo com você.

Eu a segui a contragosto.

Numa barraca na entrada do porto, ela pediu um bolinho de legumes e frutos do mar e um *makgeolli*, um vinho de arroz não filtrado. Eu sopesava a quantidade do que colocava na boca.

— As cores do seu vestido são bonitas — disse minha mãe. — Vai poder usá-lo de novo no seu casamento. Para isso, precisa tomar cuidado para seu corpo não mudar.

Comecei a mastigar mais rapidamente, mexendo minha tigela de *makgeolli* com a ponta dos meus hashis. Beber em goles longos. Que o álcool revestisse meu esôfago com sua brancura espessa antes de cair no fundo do meu estômago. Minha mãe estava falando do mercado, da entrega atrasada das mercadorias. Ela só tinha polvo, mas precisava de baiacu para o cardápio do Seollal em uma semana. Logo parei de escutá-la; eu comia e bebia sem controle.

As tripas do baiacu abrigam um veneno mortal. Porém, quando crua, sua carne translúcida permite que se criem verdadeiras obras de arte. Como única peixeira da cidade com licença para cozinhá-la, minha mãe a preparava toda vez que queria brilhar.

Tossi. Escorreu *makgeolli* no meu casaco. Sem parar de falar, minha mãe me limpou com o papel que acabara de usar para absorver o óleo ao redor dos seus lábios. A mancha começou a ficar com cheiro de leite coalhado. Minha mãe encheu novamente minha tigela. Eu estava enjoada. Mas continuei bebendo e comendo. Eu sempre exagerava na comida quando estava com ela. Contente, ela pediu outro bolinho.

— Você fica tão bonita comendo, minha filha.

Engoli com dificuldade, contendo as lágrimas no fundo da garganta. Penosamente, caminhei até a pensão com a barriga distendida devido à minha alimentação forçada.

Era costume passar o Seollal em família. Tomar uma sopa com *tteok* antes de ir ao cemitério e deixar bolinhos de arroz no túmulo dos avós. Minha mãe contava comigo. Eu combinara com Park que cozinharia o *tteokguk* antes, ele só precisaria requentá-lo para si mesmo, para a moça dos curativos e para Kerrand, caso ele se dignasse a comer uma refeição preparada por mim.

Depois que o rapaz voltou para Seul, a moça passava seu tempo dentro do quarto. Encontrei suas roupas emboladas na cama com revistas de psicologia, as seções de testes seriamente respondidas. De vez em quando, eu também fazia algum para comparar. Você é mais gato ou cachorro? Ela era os dois; eu era gato. Às vezes, ela ia ver televisão na sala de estar, um drama, um filme chinês ou de Hong Kong. Uma camada a menos de curativos no rosto. Mas seus traços não ficavam mais visíveis.

Os preparativos do Seollal davam um ar pomposo a Sokcho. Cordões luminosos tinham sido instalados ao longo da rua central até o arco do triunfo de metal azul-claro, recentemente enfeitado com um golfinho inflável que brandia zombeteiro entre suas nadadeiras uma placa dizendo RODEO STREET.

Enquanto fazia compras no supermercado, parei na seção de *manhwa* e mangás. Não tinha muita coisa. Uma ou outra obra ocidental. Folheei aleatoriamente até encontrar um dos raros *manhwa* que eu tinha lido e apreciado. A história de uma mãe e sua filha na Coreia ancestral. Um desenho definido, colorido, muito diferente do de Kerrand. Comprei.

Kerrand estava folheando o *Korea Times* na sala de estar. Ao me ver chegar, fechou o jornal. Estendi o *manhwa* para ele.

— É em coreano, mas tem poucos diálogos...

Ele percorreu as vinhetas com o indicador, como uma criança aprendendo a ler. Depois de uma dezena de páginas, ergueu os olhos. Estava com fome. Eu queria jantar com ele? Desconcertada, não respondi. Como ele aguardava uma resposta, terminei dizendo que faria um ensopado de rabanete. Kerrand preferia sair. Ele me ofendia. Mas sugeri uma barraca de peixes à beira-mar.

Os proprietários estendiam toldos na frente de suas barracas para protegê-las do vento. A clientela, idosa. Suas vozes se misturavam com o vapor das sopas, o cheiro do *kimchi* de couve fermentado com pimentão. Aqui tínhamos uma barraca de polvo, ali, uma de caranguejo ou peixe cru. Kerrand balançou a cabeça sob o pretexto do barulho, do cheiro, da falta de lugar. Ele precisava de tranquilidade. No entanto, precisávamos escolher, não tinha nada depois do cais de embarque além do Dunkin' Donuts. Ele acabou mostrando uma barraca que eu não conhecia, isolada das outras, mais calma.

Debaixo do toldo, três mesas. Cadeiras de plástico vermelho. Um garçom colocou um saco de lixo para servir de toalha de mesa, depois nos deu dois copos de água quente. Estávamos no meio de uma corrente de ar. Kerrand se retesou. Queria ir para outro lugar? Disse que não, que ali estava perfeito. O garçom voltou com um cardápio simplificado em inglês. Não era necessário, eu podia ler o coreano escrito na parede. Sem me escutar, ele deixou o cardápio.

— É seu pai ou sua mãe que é da França? — perguntou Kerrand.

Olhei-o estupefata.

— Perguntei ao gerente da pensão. Mera curiosidade.

— O que ele disse?

— Nada que eu já não imaginasse. Que você é franco-coreana. E que fala francês perfeitamente.

— O sr. Park não sabe de nada, ele não entende francês.

Expliquei que minha mãe era daqui. A única coisa que eu sabia do meu pai era que ele trabalhava com engenharia de pesca quando a conheceu. O garçom aproximou-se para anotar o pedido. Peixe grelhado, uma garrafa de soju. Kerrand me observava atentamente. Eu o evitei e fiquei observando a cozinha no fundo do salão. Azulejos, terra batida, tinido de facas, gorgolejo de um caldo no fogo. Mexi meus hashis. Kerrand se aproximou da mesa.

— Seu corte cicatrizou bem.

— Não foi profundo.

Eu devia prestar atenção no movimento das minhas pernas para não encostar nas dele. O garçom voltou com a bebida alcoólica, o peixe, *kimchi* e salada de batata. Kerrand pegou uma colherada dela.

— Maionese. Até aqui está sendo americanizado...

— A maionese é da França, não dos Estados Unidos.

Ele ergueu a cabeça, curioso. Comemos por um instante sem dizer nada. Kerrand não sabia segurar bem os hashis. Eu o corrigi. Depois de dois bocados, ele voltou à sua posição inicial. Não me atrevi a corrigi-lo de novo. Como ele não estava falando nada, perguntei o que fazia durante o dia. Ele saía para andar, descobrir o lugar, procurar ideias. Tinha viajado para todos os lugares que desenhava para seus heróis? Sim, a maior parte deles. Era a primeira vez que estava na Coreia.

— O último volume se passará em Sokcho — deduzi.

— Você já me perguntou isso.

— Faz duas semanas. Você ainda não sabe.

— Acha que Sokcho seria um bom lugar para uma história? — perguntou.

Respondi que dependia da história. Kerrand se apoiou na mesa, como se fosse me confiar um segredo.

— Se ela for se passar aqui, você me ajuda?

— Como?

— Me ajudando a descobrir coisas.

— Não tem nada pra fazer aqui em Sokcho.

— Eu acho que tem.

Tomei alguns goles de soju. Minhas boche-chas esquentaram. Depois de pensar por um tempo, perguntei de onde vinha sua paixão pelo desenho. Ele não sabia exatamente. Sempre tinha lido qua-drinhos. Quando criança, copiava suas vinhetas pre-feridas durante horas, talvez fosse por causa disso.

— Você realizou seu sonho?

— A única coisa que sei é que eu jamais ima-ginava que chegaria aonde estou hoje.

Ele se virou para tirar uma espinha presa na boca. Depois, refez a pergunta. Eu o ajudaria se ele precisasse de mim?

— Senão você vai embora?

— É isso que você quer?

— Não.

Ele sorriu. Eu poderia vê-lo desenhar alguma vez? Ele tomou um gole de soju antes de responder.

— Claro.

Algumas entonações significam «melhor não», outras, «claro, de verdade». Não entendi qual era a sua. Odiei sua entonação.

Uma temperatura de menos 27 graus sub-mergiu a cidade durante a noite. Havia anos que aquilo não acontecia. Encolhida debaixo da co-berta, soprei minhas mãos e as esfreguei entre as coxas. Lá fora, sob ataque do gelo, as ondas tenta-vam resistir mas, pesadas e lentas, rachavam antes de se esmagarem no litoral, vencidas. Só consegui dormir quando me encapotei com o meu casaco.

Pela manhã, os aquecedores do meu quarto e daquele ocupado pelo japonês não estavam funcionando — a água tinha congelado dentro dos tubos. Enquanto esperava o conserto, Park me autorizou a pegar o aquecedor portátil da recepção, ele acenderia a salamandra. Lembrei-o que a salamandra datava dos anos 1950, era inutilizável. Eu já tinha tentado. De qualquer maneira, o transbordamento dos esgotos tinha deixado meu quarto sufocante. Sugeri me mudar para o segundo quarto do anexo. Park suspirou. Nada funcionava mais naquele barraco. Não tínhamos escolha.

A sra. Kim tentava acender o fogão. Ao me ver toda encapotada e com a minha nécessaire, ela se apoiou no balcão com um gesto desesperado. Tudo que podíamos fazer era esperar. Contanto que aquilo não durasse demais. Seu congelador funcionava dia sim, dia não, o que não era bom para a carne. Como se os clientes já não fossem raros.

Kerrand estava à escrivaninha. Estávamos separados por apenas uma fina parede de papel. Ele se ofereceu para me ajudar com a mudança. Não precisava, eu tinha levado tudo.

Ele tinha deixado os pincéis escorrendo no banheiro. Um rastro de tinta e sabão deslizava das cerdas, aspirado pelo buraco da pia. Em um copo, sua escova de dentes, pasta de dentes francesa. Provei-a. O gosto era ruim, uma mistura de detergente e caramelo. Remodelei o tubo para que Kerrand não visse que usei. Havia sapatos molhados apoiados no encosto da cadeira. Depois do episódio na lavanderia, ele só me dava roupas imaculadas para lavar. Comecei a encher a banheira, tirei a roupa. A água estava bem quente. Esperei na cadeira com os óculos cobertos de vapor. Eu os odiava. Além disso, pensei que não os colocaria mais na presença de Kerrand. Meus óculos encolhiam meus olhos. Eu ficava parecendo um rato.

Na água, eu me entretive boiando o mais horizontalmente possível na superfície sem que meu corpo ficasse ao ar livre. Sempre uma parte da barriga, do seio ou do joelho terminava por ultrapassá-la.

Quando saí do banheiro, Kerrand estava esperando na porta com uma toalha na mão. Ele tinha tirado o suéter. Debaixo de sua camisa de linho, sua pele, transparente. Seus olhos fizeram meus seios despertarem sutilmente sob minha camisola e desceram pelas minhas pernas antes de se erguerem com bastante rapidez. Lembrei com horror que, daquele jeito, minha cicatriz ficava totalmente à mostra. Ele me desejou boa-noite antes de se fechar com um gesto um pouco precipitado.

Mais tarde, na minha cama, escutei a caneta-tinteiro arranhando o papel. Grudei na parede. Ela roía, coçava. Quase me perturbava. Não era contínuo. Imaginei os dedos de Kerrand ganhando vida como patas de aranhas, seu olhar se erguendo, detalhando a modelo, voltando ao papel, erguendo-se de novo, garantindo que a tinta não trairia sua visão, verificando que, enquanto ele desenhava o traço, a mulher não se enfurecia. Eu a imaginava vestida com um pedaço de tecido do busto ao início das coxas, queixo erguido, braço apoiado na parede, chamando-o afetuosa, arrogante. Mas, diante do medo, assim como das outras vezes, ele viraria a tinta para que ela esvaecesse.

O barulho da caneta-tinteiro passou a ser contínuo, lento como uma canção de ninar. Antes de adormecer, tentei guardar as imagens que ele tinha produzido em mim, tentei não as esquecer, porque sabia que elas teriam desaparecido quando eu entrasse no seu quarto no dia seguinte.

Paralisada pelo frio, a pensão não me dava muito trabalho. Depois de lavar a louça do café da manhã, fiquei perto de Park na recepção. Ele assistia à televisão. Protegida do seu olhar, percorri nos jornais a lista de empregos disponíveis em Sokcho. Supervisor de estaleiro, marinheiro, mergulhador, passeador de cães. Na internet, li os resumos das histórias de Kerrand, voando pelo Egito, Peru, Tibete e Itália com seu herói. Comparando o preço das passagens de avião para a França, calculei quanto tempo eu teria de trabalhar aqui antes de poder partir, mesmo sabendo que não o faria. Debaixo do computador, o gato japonês agitava a pata. Com o sorriso fatigante de sempre. E pensar que no início eu o achava fofo.

Um besouro subiu na mesa e caminhou ao longo dela. Parou na frente dos meus documentos administrativos. Sobrevivente do inverno, ele devia ter precisado se esconder dentro de algum lugar antes das primeiras geadas. Peguei-o com delicadeza. Suas patas começaram a se mover no vazio, podia-se dizer que ele estava implorando com suas longas antenas. Virei-o para ver seu ventre. Bonito. Todo liso. Todo arredondado. Park me disse para esmagá-lo, mas eu não queria machucá-lo. Eu jamais matava os besouros daquela espécie. Jogava-os pela janela para que morressem por conta própria lá fora.

No início da noite, encontrei minha mãe nos *jjimjilbangs*. Ela estava me esperando nua nos vestiários, com duas latas de leite batido com morango e uma máscara de ovo no cabelo. Na sala de chuveiros, sentada em um banco, esfoliei suas costas, ela esfoliou as minhas.

— Você emagreceu de novo. Precisa comer.

Minhas mãos começaram a tremer. Quando ela fazia aquele tipo de comentário, eu tinha vontade de arremessar meu corpo contra uma parede.

Três mulheres patinhavam à nossa volta, com ventosas rosas coladas nas omoplatas. A mais jovem tinha a minha idade, mas seios já caídos. Pensei nos meus. Firmes como duas conchas viradas. Tranquilizada, fui encontrar minha mãe no banho de águas sulfurosas. Ela tinha embalado o cabelo numa sacola plástica que, no vapor, dava-lhe a aparência de um champignon fumegante. Seu peito se erguia irregularmente. Insisti para que marcasse uma consulta com o médico. Ela fez um gesto irritado com a mão.

— Em vez disso, fale da pensão.

Contei da moça dos curativos.

— Se você também quiser operar — disse minha mãe —, tenho um pouco de dinheiro guardado.

— Você me acha tão feia assim?

— Não seja idiota, sou sua mãe. Mas talvez a cirurgia a ajudasse a encontrar um emprego melhor. Parece que em Seul é assim.

Por provocação, falei que não tinha a intenção de trocar de emprego. Na pensão, eu conhecia pessoas. Tinha um desenhista lá, eu adorava o trabalho dele. Omiti sua nacionalidade francesa.

Depois que saí de casa, deixei de saber quais eram os passatempos da minha mãe. Tentei lembrar o que fazíamos na minha infância. Televisão. Praia. Víamos pouco do mundo. Quando eu estava no primário, ela ia me buscar depois das aulas, mas nunca se demorava com as outras mães. Meus colegas tinham começado a perguntar por que eu não tinha pai. Quando cheguei à idade de andar de ônibus, passei a ir sozinha.

De volta aos vestiários, vestimos pijamas para ir até a sala mista. Estendidas ao sol, com a cabeça em cima de pequenos blocos de madeira, tomamos mingau de cevada descascando ovos cozidos. Quando chegou a hora de voltarmos para casa, falei que, excepcionalmente, precisava voltar à pensão, tinha muito o que fazer. Na verdade, eu não suportava mais dormir na cama dela. Minha mãe ficou com um jeito triste. Fiquei com pena. Não mudei de opinião.

Na ruela do anexo, a sra. Kim, por estar me achando pálida, ofereceu um de seus bolinhos. Pensei na sua carne que tinha descongelado e congelado de novo. Na ruela seguinte, joguei-o para um cão que remexia as latas de lixo.

Na porta do meu quarto, encontrei um bilhete em francês preso com um percevejo. Era Kerrand me perguntando se eu gostaria de acompanhá-lo à reserva natural de Seoraksan amanhã. Amanhã, meu dia de folga. Ele tinha lembrado.

Mais pesada devido ao frio mais brando, a neve estava encalhada nas enxurradas e fazia os bambus vergarem. Dia sem vento. Kerrand caminhava seguindo minhas pegadas, eu tinha emprestado a ele as raquetes de Park. Frequentemente ele parava, tirava as luvas, roçava um tronco, uma rocha debaixo do gelo, escutava, antes de recolocar as luvas e voltar a subir ainda mais lentamente.

— O inverno não é interessante — falei impaciente. — Logo as cerejeiras vão florir, o bambu vai esverdear. É preciso vê-los na primavera.

— Não estarei mais aqui.

Ele parou outra vez, olhou ao redor.

— Gosto assim da mesma maneira, sem artifícios.

Chegamos à gruta, um pequeno templo que abrigava esculturas de Buda em nichos. Kerrand percorreu-as minuciosamente. Queria conhecer as lendas e contos coreanos associados à montanha. Para seu personagem. Falei de uma história que minha mãe me contava quando eu era criança. A de Tangun, filho do rei do céu, enviado para a montanha mais alta da Coreia para fundar o povo coreano se unindo com um urso. Desde então, a montanha era um símbolo do ponto que ligava o céu à terra.

Depois de duas horas de subida, descansamos em um rochedo. Kerrand reamarrou os cadarços, tirou a caneta-tinteiro e o caderno. Começou a desenhar os bambus.

— Está sempre com ele? — perguntei, indicando o caderno.

— Na maior parte do tempo, sim.

— São seus rascunhos?

Ele enrugou a testa, como se estivesse irritado. Não gostava daquela palavra. Ela não tinha nenhum sentido. Uma história se construía a cada instante, não havia um desenho menos importante do que outro.

Eu estava começando a ficar com frio. Depois de um instante, inclinei-me na direção do seu desenho.

— São libélulas.

Ele estendeu o braço para ver de mais longe.

— Isso. Não ficou bom.

— Não? Achei bonitas.

Kerrand olhou o desenho outra vez. Sorriu. Depois, aproximou-se do precipício para ver o vale lá embaixo, embaçado pela bruma. Grasnado de corvo.

— Sempre morou em Sokcho?

— Morei em Seul enquanto estudava.

— Deve ter sido bem diferente daqui.

— Não muito, eu morava com minha tia — brinquei.

Kerrand me olhou sem entender. No verão, prossegui mais seriamente, Sokcho ficava tão movimentada quanto Seul por causa das praias. Sobretudo depois que filmaram na cidade um drama com um ator famoso, *First Love*. Havia uma peregrinação de carros de admiradores. Ele tinha visto a série? Não.

— Por que voltou? — perguntou ele.

— Não é definitivo... o sr. Park precisava de alguém na pensão.

— Ele só tinha você?

Demonstrando um pouco de escárnio, respondi secamente que sim. Na verdade, eu podia ter me candidatado a uma bolsa para continuar estudando no exterior. Kerrand quis saber se eu pensava em passar a vida inteira na pensão.

— Eu gostaria de ir à França algum dia.

— Você vai.

Concordei, sem confessar que não podia deixar minha mãe. Kerrand parecia querer acrescentar alguma coisa sem ter muita certeza, e então mudou de ideia. Perguntou por que eu tinha escolhido estudar francês.

75

— Para falar uma língua que minha mãe não entendesse.

Ele ergueu as sobrancelhas, teve a delicadeza de não comentar. Tirou uma tangerina do bolso, ofereceu um pedaço. Eu estava com fome. Recusei.

— Como é a França?

Ele era incapaz de resumir. Era vasta demais, diferente demais. Comia-se bem. Ele adorava a luz da Normandia, acinzentada, espessa. Se um dia eu fosse para lá, ele me mostraria seu estúdio.

— Nunca fez quadrinhos que se passassem na sua cidade?

— Não.

— Tenho certeza de que Sokcho é menos interessante.

— Discordo.

— Muitos artistas retratam a Normandia. Maupassant, Monet.

— Conhece Monet?

— Só um pouco. Quando estudamos Maupassant, nosso professor falou da região.

Franzindo os olhos na direção das nuvens, Kerrand de repente me pareceu distante. Descemos a montanha arrastando os pés. Kerrand na minha frente. Quando escorregava, eu me segurava nele.

Na praia à frente da pensão, uma *haenyo* separava sua pesca. Sua roupa de mergulho fumegava no frio. Kerrand se agachou num rochedo, estendendo o braço para manter o equilíbrio. As ondas subiam até nossos pés. Falei para ele dessas mulheres originárias da ilha de Jeju, capazes de mergulhar até 10 metros de profundidade em qualquer tempo, qualquer época do ano, para colher moluscos e pepinos-do-mar.

De mão calosa, a *haenyo* começou a esfregar sua máscara com um tufo de algas. Comprei um saco de moluscos. Kerrand queria ver mais, mas eu estava tremendo. Ele me acompanhou até a casa principal. Perguntei se jantaria na pensão à noite; não jantaria.

Servi *miyeokguk*, a sopa de algas, com arroz, dentes de alho marinados no vinagre, geleia de bolotas. A moça sorvia pequenas colheradas. Apesar da sua dificuldade de mastigar, ela parecia gostar. Depois que o namorado foi embora, ela passava o dia inteiro de pijama. Seus curativos tornavam-se cada vez mais finos. Em breve, ela iria embora.

Estava vestindo minha camisola quando Jun-oh me enviou uma mensagem. Ele não poderia passar o Seollal comigo, lamentava, o trabalho de modelo era cruel, mas empolgante, estava com vontade de me lamber toda, de chupar meus seios, sentia minha falta e me ligaria.

Escutei Kerrand entrar no quarto, tirar o casaco e ir ao banheiro. Depois de voltar para o quarto, ele se sentou à escrivaninha. Dessa vez, saí para observar pela porta um pouco entreaberta.

Seus dedos deslizavam com timidez sobre o papel. O pincel balbuciava sobre as proporções do corpo. Sobretudo do rosto. Ela estava ficando com um semblante oriental. Ele não devia ter o costume de desenhar mulheres, eu tinha visto poucas entre seus personagens. Lentamente, seus traços foram ficando mais seguros. Ela começou a rodopiar em um vestido. Ora magra, ora voluptuosa, com braços estendidos ou unidos, sempre torta, ela se modelava sob seus dedos. De vez em quando, Kerrand rasgava um pedaço de folha para mascar.

Quando me deitei na cama, pensei na mensagem de Jun-oh. Fazia muito tempo que eu não tinha vontade de sentir um homem em mim. Deslizei a mão entre as pernas e pressionei suavemente antes de parar, encabulada por saber que Kerrand estava do outro lado. Mas a vontade falou mais alto. Coloquei a mão no meu sexo já úmido. Com a outra, agarrei minha nuca, depois meus seios, imaginando um homem para me apalpar, preencher meus quadris. Acariciei com mais rapidez, mais força, até minhas coxas vacilarem, até o gozo me arrancar um gemido.

Arrebatada, recuperei o fôlego, com a mão ainda nos meus lábios inchados. Retirei-a como se retira um curativo de uma ferida aberta. Kerrand me escutara? Ele certamente me escutara.

Lembrei que tinha esquecido de colocar na geladeira as sobras da refeição. Se não o fizesse, tudo seria perdido. Vesti-me de novo, esperando não encontrar Kerrand no corredor.

Lá fora, tudo estava calmo. Em cima da barraca da sra. Kim, a placa de neon tremulou. Sobressaltei-me. Um morcego varreu o ar.

O relógio da sala de estar indicava que era quase uma da manhã. Na frente da televisão, a moça dava pequenos golpes com a língua na parte mole de um Choco Pie que estava segurando com as duas mãos, como um hamster. Ela parecia excessivamente tensa, seu olhar não focava a tela, e sim um pouco mais para cima. A televisão estava no mudo.

— Está tudo bem?

Ela assentiu com um leve movimento do rosto, olhando para o nada. O cordão luminoso clareava seus curativos, o relevo das cicatrizes. Pálpebras, nariz, queixo. Ela tinha sido extraordinariamente cortada. É provável que eu a tenha incomodado. Ela saiu da sala. O rapaz se juntaria a ela para o Seollal, tinha feito uma reserva à tarde.

Quando voltei para o anexo, o quarto de Kerrand estava no escuro.

Estava aguardando pacientemente no centro médico havia uma hora. No fim das contas, eu mesma marquei uma consulta para minha mãe. Uma enfermeira me disse que o médico estava atrasado, minha mãe precisava fazer outros exames de sangue. Decidi dar uma volta no centro.

Eu quase nunca vinha para esta parte da cidade. Estaleiros, barracas, operários, guindastes, areia, concreto. E a ponte onde filmaram a cena cult de *First Love*, em que o ator atravessava a margem. Com aquele barco amarrado na minha frente. No seu interior, ursos de pelúcia e buquês de flores do verão passado. Podres, descoloridas, prisioneiras do gelo. Uma rajada de vento fez o barco se agitar. Um estalo lúgubre.

Mais longe, dois aquários sobrepostos. No de baixo, peixes de caudas longas. Em cima, caranguejos empilhados como se já prontos para as conservas. Sem mais força para abrir os olhos, eles se deixavam levar pelo jato de água. No entanto, um deles, escorando-se em outro, conseguiu chegar à beira do tanque e se manteve equilibrado até a contracorrente lançá-lo para o outro aquário. Os peixes começaram a se agitar a toda velocidade. O caranguejo caíra de cabeça para baixo e se debateu lentamente para tentar se apoiar de novo nas próprias patas, sem sucesso. No fim das contas, agarrou uma nadadeira ventral. Cortou-a meticulosamente. Separado de seu apêndice, o peixe começou a nadar torto, antes de afundar até a base do tanque, louco.

No fim da rua, o hotel em forma de palácio indiano rosa e dourado. Duas moças arqueavam o corpo para trás na entrada. Shorts de couro, meia arrastão.

Escoando inverno e peixes, Sokcho esperava.

Sokcho só fazia esperar. Os turistas, os barcos, os homens, o retorno da primavera.

Minha mãe, que estava apenas resfriada.

Eu não avisara a Park sobre minha escapada para Naksan com Kerrand. Ele tinha ido lá no começo de sua estadia e queria comprar mais incensos. Tínhamos duas horas à nossa disposição antes que eu precisasse preparar a refeição da noite. O ônibus percorria o litoral. Desde a noite em que me acariciei, eu evitava Kerrand. No assento vizinho, ele estava compenetrado no livro que eu tinha visto na sua mala.

— Amo este autor — disse ele, como se eu estivesse lendo às escondidas. — Conhece?

— Não, adoraria que você lesse um trecho para mim.

Ele limpou a garganta.

— Não gosto de ler em voz alta...

Eu já tinha fechado os olhos. Ele começou, tomando o cuidado de articular bem as palavras. O texto era muito difícil. Concentrei-me nas inflexões de sua voz. Uma outra voz, mais distante.

O eco de um corpo que permanecera do outro lado do mundo.

O templo ficava encrustado na falésia acima das praias. As freiras estavam meditando, era preciso esperar. Uma garoa começou a molhar a terra. Depois, de uma vez só, o dilúvio. Como se todas as chuvas tivessem sido recolhidas no entorno para serem despejadas ali. Nos abrigamos sob a marquise. Os cantos ásperos atravessavam os muros e nos alcançavam. Ricocheteavam pelo pátio. Pela construção havia estatuetas de dragão, fênix, serpente, tigre e tartaruga. Kerrand deu uma volta pelo local e depois se ajoelhou diante de uma tartaruga para tocar sua carapaça. Durante uma visita escolar, uma freira me explicara que cada animal correspondia a uma estação do ano.

— Tem cinco aqui — salientou Kerrand.

— A serpente possibilita a passagem de uma a outra, como uma base. A tartaruga é a guardiã do inverno. Se o dragão, a primavera, não encontra a serpente, a tartaruga não cede seu lugar.

Kerrand inclinou a cabeça, pressionou o dedo na dobra do pescoço, estudou a junção da estátua na base de madeira. Passou um bom tempo assim.

Mais distante, no promontório, um pagode na bruma, absorvido pelo céu. Tínhamos passado por ele rapidamente. A chuva tamborilava no solo, turvando todo o panorama além do arame farpado das praias em volta. A intervalos regulares, havia cabaninhas nas quais apareciam pontas de metralhadoras. Mostrei-as.

— As praias francesas devem ser mais acolhedoras.

— Não gosto muito das do Sul. Muitas pessoas vão, mas elas nunca parecem realmente contentes de estarem lá. Prefiro as da Normandia, mais frias, mais vazias. Elas também têm marcas da guerra.

— A guerra acabou no seu país.

Ele se apoiou na cerca de segurança.

— É verdade. Mas, se remexemos mais a fundo a areia sob nossos pés, ainda é possível encontrar ossos e sangue.

— Não zombe de Sokcho.

— Não entendi a relação. Jamais zombei daqui.

— Sua guerra se passou nas suas praias, elas ainda têm os vestígios dela, mas a vida continua. As praias aqui esperam o fim de uma guerra que já dura tanto tempo, que acabamos acreditando que ela não existe mais, e enquanto isso construímos hotéis, penduramos cordões luminosos, mas é tudo falso, é como uma corda estendida entre duas falésias, podemos andar nela como equilibristas sem jamais saber quando ela vai se partir, vivemos em uma lacuna, e este inverno não acaba!

Virei-me para o templo. Kerrand fez o mesmo. Minhas mãos tremiam. Olhei fixamente para minha frente.

— No verão passado, uma turista de Seul foi morta por um soldado norte-coreano. Enquanto nadava, ela não percebeu que tinha atravessado a fronteira.

— Sinto muito — diz Kerrand.

Baixei os olhos.

— Mas não conheço seu país — falei rapidamente. — Sou de Sokcho.

— Não só...

Ele me agarrou pela cintura para me empurrar para trás. Uma estalactite de gelo se despedaçou onde eu estava. Ele não tirou a mão de imediato. Quando as freiras abriram as portas, o odor dos incensos evaporou na chuva.

Chegou o Seollal, finalmente. Após preparar *tteokguk* para a pensão, voltei ao anexo para avisar a Kerrand que era feriado e tudo estaria fechado. Ele me agradeceu pela minha atenção. Park já o informara; ele tinha feito um estoque de macarrão instantâneo no mercado.

— Por que nunca prova minha comida? — perguntei, magoada.

— Não gosto de pratos apimentados — respondeu ele, surpreso por ter que se justificar.

— Meu *tteokguk* não é apimentado.

Ele ergueu os ombros, provaria da próxima vez. Obriguei-me a sorrir. Olhei na direção da sua mesa, Kerrand ficou de lado para me deixar entrar.

Alguns de seus desenhos eram a lápis, outros a tinta. Para seu herói, Kerrand dava a segurança dos gestos que conhecemos de cor, as formas que modulamos de olhos fechados. Ele desenhara uma cidade. Reconheci os hotéis de Sokcho. A fronteira, traços irregulares nos arames farpados. A gruta dos budas. Ele tomara aquilo do meu universo para depositá-los no seu imaginário, em cinza.

— Você nunca colore?

— Isso não é o mais importante.

Fiz um bico de dúvida. Sokcho era muito colorida. Ele me mostrou uma cena de uma montanha nevada para a qual tinha escolhido um sol no zênite. Alguns poucos traços determinavam os contornos das rochas. O restante da folha estava intacto.

— O que esculpe uma imagem é a luz.

Depois de olhar melhor, percebi que, no lugar de tinta, tudo que havia entre dois traços era espaço branco, o espaço da luz absorvida pelo papel, e a neve rebentava, quase real. Como um ideograma. Percorri as outras pranchetas. As vinhetas começavam a se contorcer, embaçar, quase como se o personagem buscasse seu caminho fora delas. Um tempo dilatado.

— Como sabe que a história chegou ao fim?

Kerrand se aproximou da mesa.

— Meu herói alcança um estado em que posso dizer que ele vivia antes de mim e que viverá depois de mim.

O cômodo estreito o mantinha bem perto de mim, eu sentia o calor do seu corpo. Perguntei por que seu herói era arqueólogo. Kerrand pareceu achar graça na minha pergunta.

— Devem lhe perguntar muito isso...

Ele sorriu, disse que não. Depois me contou a história dos quadrinhos, da ascensão dos autores europeus depois das duas guerras, o nascimento dos personagens que o influenciaram, Philemon, Jonathan, Corto Maltese. Viajantes. Solitários.

— Acho — disse ele — que eu teria gostado que meu herói fosse marinheiro. Mas era impossível, com Corto Maltese...

Ergui os ombros.

— Nunca ouvi falar desses personagens. O mar me parece ser vasto o suficiente para muitos heróis.

Kerrand me olhou pela janela, falou que talvez. No fundo, o termo "herói" precisava ser revisto. Seu personagem não passava de um homem em busca de sua história por meio da história de todos os homens. A arqueologia era apenas um pretexto. Ele não tinha nada de original.

— Tem poucos personagens nos seus desenhos — falei.

Hesitei.

— ... não tem mulheres.

Kerrand me olhou com atenção. Sentou-se na beira da cama. Juntei-me a ele, tomando o cuidado de manter uma certa distância entre nós.

— Você não sente falta delas?

— Sinto.

Ele riu.

— Certamente. Mas não é tão simples assim.

Ele se aproximou da mesa, fez seu dedo deslizar na borda de uma folha, antes de se sentar de novo, pensativo.

— Quando o traço é feito a tinta, ele não muda. Quero garantir que vai ser perfeito.

Sua mão roçou a minha. Pensei nas vezes em que ele a segurou, na cozinha, no museu. Uma lassidão entorpeceu meu corpo. Que perfeição Kerrand esperaria das mulheres para que elas tivessem o direito de se aproximar do seu personagem?

— Tanto que não vou conseguir expressar tudo em um traço... — murmurou ele, recolhendo suas pranchetas.

Ele arrancou a folha superior, jogou-a na lata de lixo. Desejou-me um feliz Seollal.

Minha mãe pediu que eu fosse até seu quarto pegar suas luvas. Encontrei-as entre o chuveiro e a cama, em uma caixa de papelão cheia de esmaltes. Restos de omelete tinham secado na borracha. Raspei. Eles não se soltaram. Precisei molhá-los para que amolecessem de novo e se desprendessem.

Na cozinha, enquanto minha mãe se preparava para esvaziar o baiacu, joguei alho-poró no caldo de carne antes de cortar o *tteok*, cega devido ao vapor nos meus óculos.

— Vou comprar lentes de contato para mim.

— Você fica muito bem de óculos.

— No outro dia, você estava me falando de cirurgia.

— Nunca falei isso.

— De todo jeito, não preciso da sua opinião.

Minha mãe franziu o rosto. Ela me deu uma lula para que eu a transformasse em purê. Cortei os tentáculos, enfiei a mão dentro da cabeça para extrair a bolsa de tinta. Os cheiros de bife e peixe cru começavam a se misturar, acres, pesados. Imaginei Kerrand diante da escrivaninha. Seus lábios comprimidos, sua mão errando no vazio antes de se posicionar em um local preciso do papel. Enquanto cozinhava, eu antecipava o resultado final do prato. Aparência, gosto, valor nutritivo. Enquanto desenhava, ele dava a impressão de pensar apenas no movimento do seu antebraço, a imagem parecia nascer assim, sem ideias preconcebidas.

Minha mãe esmurrou o peixe que esperneava. Um fluido rosado escorreu de sua cabeça. Ela decepou as nadadeiras e removeu a pele com um gesto seco, antes de constatar que a massa rosa, esfolada, ainda se debatia. Ela cortou sua garganta. Depois vinha a parte delicada: extrair os intestinos, os ovários e o fígado cheios de veneno sem perfurá-los. Observei-a fazer aquilo. Ela nunca me permitira manipular um baiacu.

— Você ama seu trabalho?

— Por quê? — murmurou ela cortando a barriga.

— Só pra saber.

Esquartejando o abdômen com a ponta da faca, ela triturou as tripas e as separou dos órgãos mortais, que envolveu cuidadosamente em um saco antes de jogá-lo na lata de lixo. Vigiando meu trabalho com o olho, de repente ela gritou:

— A tinta!

Muito maquiada, de terninho preto, minha tia riu ao ver minha mãe e a mim com nossas roupas tradicionais. Como podíamos usá-las atualmente! Minha mãe também riu. De arrependimento. Tínhamos arrumado a mesa num canto da cozinha, em cima do piso de azulejos, para não sujar demais nossas almofadas.

Minha tia ficou extasiada com o sashimi de baiacu. Ela não se permitia comê-lo na capital, os únicos chefs que alegavam possuir a licença para cozinhá-lo eram japoneses, ela não confiava neles. Bastavam vinte gramas de carne envenenada para asfixiar uma pessoa, eles ficariam muito contentes vendo coreanos morrendo como um coelho capturado dentro de sua toca. Ela enrugou o nariz. A propósito, o que era aquela cor cinza no prato de lula?

— Sua sobrinha furou a bolsa de tinta — lamentou minha mãe. — Não podemos deixar uma faca nas mãos dela.

Ela encheu novamente as tigelas de *tteokguk* e os copos de soju.

— Além disso — prosseguiu —, não acha que o trabalho na pensão a deixou meio pálida?

Minha tia respondeu que sempre achou que eu parecia adoentada. Seu olhar percorreu as paredes da cozinha antes de concluir: o ar de Sockho, sem dúvida. Concentrei-me na minha sopa, no reflexo do meu rosto na superfície. A agitação criada pela colher turvava meu nariz e fazia minha testa ondular e minhas bochechas escorrerem até o queixo. Minha tia achara o *tteokguk* insosso. Não senti o gosto, estava ocupada demais enchendo a pança. Enquanto acrescentava molho de soja, minha mãe o salpicou na sua irmã, que exclamou que aquela era uma seda extremamente cara. Para evitar o conflito, minha mãe se dirigiu a mim:

— Você não está falando nada, converse com sua tia.

Falei do autor dos quadrinhos.

— De novo ele!

— Ele é francês.

Minha mãe ficou tensa. Minha tia riu sarcasticamente, dizendo que os franceses eram apenas bons de papo, mas que tinha que ser muito burra para cair nas suas armadilhas.

— E o que é que você sabe da França? — falei baixinho.

Minha mãe disse que ninguém naquela mesa sabia nada de quadrinhos, precisávamos mudar de assunto. Me servi de mais sopa e baiacu.

— Os desenhos dele são bonitos. Lembram a arte impressionista europeia do século XIX, mas ele sabe ser bastante realista nos detalhes.

Minha mãe se mexeu na sua almofada, depois se virou para minha tia encostada na parede, farta.

— Muito em breve ela vai se casar com Jun-oh.

Minha tia apalpou minhas nádegas e minhas coxas. Afastei-me antes que alcançasse meus seios. Ela declarou que estava tudo bem. Ela se ocuparia das minhas roupas, da maquiagem e, olhou-me com atenção, dos óculos. Minha mãe disse que eu estava pensando em usar lentes de contato, não era um capricho da minha parte? Pelo contrário, minha tia sempre achara meus óculos horríveis. Já que era o caso, era melhor que eu fizesse a cirurgia. Em Gangnam, não era tão caro. Ela concordava em me dar isso de presente se minha mãe não tivesse recursos.

— Não se trata de recursos — disse minha mãe, servindo mais sopa para mim. — Ela já é bonita de óculos, não precisa de mais.

Eu só conseguia afastar e aproximar a colher da minha boca. Sob o efeito do soju, minha tia começou a respirar mais forte, com o queixo reluzente. Ela me olhou de novo, perguntou por que eu estava me empanturrando. Em pânico, minha mãe lhe disse para não fazer aquele tipo de comentário a meu respeito, finalmente eu estava comendo. Pressionei os dedos na minha colher. Minha tia pegou *kimchi* e o mastigou, de boca aberta. Pedaços deslizaram de seus lábios e aterrissaram entre os pratos, envoltos em uma película de saliva avermelhada. Levantei a cabeça da minha tigela. Olhei os pedaços. Antes de observar minha tia. Lançando-me um olhar maldoso, ela os pegou com a ponta dos seus hashis. Levantei-me, vesti meu casaco. Voltaria à pensão. Minha tia ergueu a sobrancelha para minha mãe. Então eu não iria ao cemitério? Minha mãe me implorou com os olhos antes de fazer um gesto de impotência para sua irmã e me ver ir embora.

Não tinha mais ônibus naquela hora. Caminhei com os braços ao redor do abdômen dolorido por causa de tudo que eu devorara.

No anexo, tentei não fazer barulho, mas Kerrand colocou a cabeça na fresta da sua porta. Fechei-me no meu quarto e me vi no espelho. O vento bagunçara meu cabelo, que caía ao redor do meu rosto como cobras-de-vidro. Saia suja de areia e lama. Que Kerrand apagasse aquela imagem de mim. Que ele não me visse. Não daquele jeito. Não com aquela sopa na barriga que me deformava a carcaça. Dormir.

Acordei com a boca seca, os membros entorpecidos. Estava escuro, o despertador indicava 4h. Peso no estômago. Fechei novamente os olhos. Quando os abri outra vez, eram 10h. Após me extirpar sofridamente dos lençóis, ventilei o quarto e peguei o gelo na armação da janela para descongestionar meu rosto inchado.

O velho Park não comentou minha chegada tardia na recepção. Tinha se ocupado do café da manhã. Sem erguer os olhos do jornal, falou que a moça e seu amigo tinham passado a noite no quarto, ele tinha comido sozinho a refeição do Seollal, na frente da televisão, mas no fim das contas não foi tão ruim porque meu *tteokguk* cozido demais teria prejudicado a reputação da pensão. O programa na tv tinha sido interessante, um concurso de música popular.

Kerrand chegou à cozinha com muffins do mercado. Comecei a lavar a louça. A parecer ocupada. Ele comeu de pé, olhando pela janela. À contraluz, seu nariz lhe deixava com um perfil de gaivota. Precisei me esforçar para desviar o olhar dele. Park ligou o rádio. Sucesso mais recente de um grupo de K-Pop da moda. Kerrand franziu a testa.

— Também acha insuportável? — perguntei.

— Nem ouso dizer isso.

Nós rimos. Desliguei o rádio. Não devia ter desligado. O silêncio era mais glacial do que a temperatura das três semanas anteriores. O namorado da moça entrou na cozinha. Preparou um café para si mesmo, esfregou o nariz, saiu de novo. Surpreendi Kerrand me olhando. Ele não baixou o olhar, eu me virei. Ele devia estar com pena de mim. Atendi o telefonema de Jun-oh na frente dele, fingindo alegria. Ele tinha sido contratado. Voltaria em dois dias para buscar suas coisas. Poderíamos nos encontrar? Claro. Mas ele precisava me telefonar antes de chegar. Que não viesse sem avisar.

Quando desliguei, Kerrand estava à mesa, o caderno à sua frente. Ele inclinou a cabeça, colocou o cabelo para trás, encostou o grafite do lápis no papel. Traço após traço, vi aparecer um teto. Uma árvore. Uma mureta. Gaivotas. Uma casa. Não se parecia com as casas de Sokcho, era feita de tijolos. Ele colocou grama ao redor. Não a grama daqui, queimada pelo gelo do inverno, pelo sol do verão, mas uma grama grossa. Depois uma pata. Patas grossas de vacas, e depois as vacas inteiras.

Ao longe, um porto e matagais, vales ventosos. No final, Kerrand esfregou o grafite para criar sombra. Ele rasgou a folha do caderno, estendeu-a na minha direção. Sua Normandia. Estava dando-a para mim.

Enfiada até o pescoço no seu avental, minha mãe abria mariscos. Muda. Como ela não tinha me deixado tocar nos seus utensílios, eu estava ao seu lado olhando os aquários. Ela ainda estava irritada comigo. Depois de um tempo, ela descascou uma maçã, colocou-a nos meus joelhos.

— Tome. O médico me disse para comê-las.

Mastiguei a fruta, distraída por uma agitação repentina no mercado. Estiquei o pescoço para ver melhor. No fim da alameda, Kerrand. Os peixeiros rivalizavam com sorrisos, estendendo polvo cru para ele. Minha mãe também o viu. Ela conferiu a limpeza da sua barraca, alisou o cabelo, retocou o batom. Tentei escapar, mas era tarde demais, ele tinha chegado até nós.

— Não esperava encontrá-la aqui — disse, parecendo alegremente surpreso.

Ele quis saber se eu tinha um tempo livre, sua história avançara, queria falar comigo. Minha mãe me deu um tapa nas nádegas.

— O que ele disse?

Horrorizada, pedi que Kerrand me encontrasse às sete no café na frente do mercado, perto da proteção contra tsunamis. Minha mãe franziu os olhos, ele respondeu com um sorriso de educação. Depois que ele saiu, virei-me para ela.

— É ele.

— O que ele quer?

— Vamos nos encontrar mais tarde.

— Aos domingos, nós duas dormimos juntas. Falou isso para ele?

Não respondi.

— Bem que percebi como você olhava para ele.

— É para o trabalho dele!

Minha mãe segurou seu gancho de novo. Com um movimento em falso, virou a caixa. Os mariscos se derramaram até os pés dos outros peixeiros, que se seguraram para não soltar suas piadas. Minha mãe se jogou ao chão, quis ajudá-la, ela me empurrou. Então fiquei de pé até ela se levantar, até seus colegas se calarem. Depois fui embora.

A foto polaroid ainda jazia no meio dos lençóis desarrumados. Havia outras espalhadas pela parede. Peguei uma aleatoriamente. Jun-oh me erguendo pela cintura. Eu estava rindo. Comemorávamos a entrega do meu diploma em Seul, um pouco antes de ele se mudar para Sokcho por minha causa. Olhando a imagem, comecei a articular palavras em francês, em silêncio. O começo de uma frase. Um som acabou saindo da minha boca. Logo me calei. Coloquei a foto no lugar, voltei a juntar meus pertences. Uma compilação de aforismos sobre gatos, um suéter, uma cinta-liga. Eu já tinha levado o essencial para a pensão, o resto estava na casa da minha mãe.

Um vento mais suave soprava na praia. As ondas não estavam regulares; elas soluçavam. Remexendo a areia, as gaivotas cambaleavam para me evitar. Exceto uma, que mancava. Persegui-a até que voasse. Só achava as gaivotas dignas quando aéreas.

No Lotte Mart, entre as lentes em silicone hidrogel, o único modelo que correspondia ao grau dos meus óculos dava a ilusão de uma íris dilatada. Comprei-o mesmo assim.

Quando voltei à pensão, fui lavar roupas. O colete bege de Park, meu outro vestido-suéter, o pijama da moça. Precisei lavar à mão, os canos da máquina tinham rachado por causa do gelo. Vesti uma meia-calça mais opaca. Minha cicatriz ofendia o olhar. Quis colocar as lentes. A primeira criava um filtro de névoa nos meus olhos, eu tinha escolhido o grau errado. A segunda se recusava a grudar na minha córnea. Estava atrasada, Kerrand precisaria me esperar. Nervosa, coloquei a língua para fora, afastei as pálpebras, recomecei. A lente caiu do meu dedo. Procurei-a tateando. Por fim, acabei colocando as lentes no estojo e os óculos no nariz.

Éramos os únicos clientes do café. Perto do aquecedor, para que nossos sapatos secassem. No peitoril da janela, móveis em miniatura tinham sido dispostos como em uma casa de bonecas. Estava escuro. Em uma vitrine refrigerada perto do balcão, duas tortas a 15 mil wons e uma base para o rosto com sérum de caracol, também 15 mil wons. A garçonete nos ofereceu uma tigela de lulas secas. Reconheci a moça que eu tinha visto nos *jjimjilbangs*, aquela da minha idade, de seios caídos. Ela desenhou um coração com caramelo no meu cappuccino. No de Kerrand, um pintinho.

Kerrand pegou um tentáculo, virou-o entre os dedos.

— Quando eu era criança — falei —, minha mãe me dizia que, se a gente tomasse leite e comesse lula ao mesmo tempo, os tentáculos entrariam nas nossas veias. Ou os vermes, não sei mais.

Eu ri.

— Acho que era só uma estratégia para que eu não tomasse. Não consigo digeri-lo. E você, gosta de leite?

— Prefiro vinho.

— Não tem vinho em Sokcho.

Absorto com a lula, ele não respondeu. Arrependi-me de ter falado. Meu celular começou a vibrar na mesa. Jun-oh na tela. Guardei-o na bolsa.

— Não tenho visto muita gente da sua idade — disse Kerrand.

— Todos vão embora daqui.

— Não fica muito entediada?

Ergui os ombros.

— Não tem namorado?

Hesitei antes de responder "não". *Boyfriend*. Eu nunca entendera aquela palavra, nem sua versão francesa, *petit ami*. Como o adjetivo "pequeno", *petit*, poderia caracterizar um amante?

— E você?

Ele tinha sido casado. Surgiu um silêncio.

— Então — perguntei —, como está isso?

— Em relação à minha esposa?

— Não, o seu herói.

Ele riu rapidamente, quase um suspiro. Um sorriso se esboçou, sem se concretizar. Cada história servia de rascunho para a seguinte. Já a última, ele não sabia.

— Acho que tenho medo de perder um mundo que não controlarei mais depois que ele chegar ao fim.

— Não confia nos seus leitores?

— A questão não é essa...

Ele começou a desfiar o tentáculo.

— A história que crio sempre se distancia de mim, ela acaba se contando por conta própria... Então imagino outra a partir dela, mas existe também a que está em curso, que se desenha sem que eu a compreenda, e que preciso terminar, e, quando finalmente posso começar a nova, tudo recomeça...

Seus dedos insistiam no tentáculo.

— Às vezes, digo a mim mesmo que nunca conseguirei transmitir o que realmente quero dizer.

Refleti.

— Talvez seja melhor assim.

Kerrand ergueu a cabeça. Prossegui.

— Talvez você só continue desenhando por causa disso.

Ele ficou em silêncio. Aproximei-me da mesa.

— O que acontece na sua história atual?

Ele preferia me mostrar os desenhos. Não insisti. Uma mulher entrou com uma caixa de macarrão com feijões-vermelhos, a porta se fechou de novo com uma rajada de vento. A chuva crepitava contra a janela. Kerrand abotoou novamente o sobretudo.

— Aqui o inverno é sempre assim?

— Estamos num ano singular...

A garçonete se aproximou da moça no balcão com rabanete marinado. Kerrand olhou as duas, depois virou-se para mim, mais leve.

— Sempre me perguntei se o macarrão vinha da China ou da Itália.

Como poderíamos saber, eram dois lados opostos do mundo, a história se escrevia como cada um preferia enxergá-la. Eu conhecia a culinária europeia? Falei que não gostava de espaguete. Ele riu, eu precisava comer o verdadeiro, na Itália.

Baixei o olhar. Ele parou de rir.

— Desculpe, fui insensível.

— Enfim— falei —, não consigo entender por que você está em Sokcho.

— É verdade, não sei o que ainda estaria fazendo por aqui sem você.

Fiquei paralisada.

— Era uma brincadeira — disse, sem sorrir.

Ele juntou as migalhas da lula num canto da mesa, pegou um segundo.

— Não devemos brincar com a comida.

Ele o colocou de novo na tigela. As mulheres nos lançavam olhares furtivos, conversavam baixo, triturando o macarrão com seus hashis, sem comer. O local tinha cheiro de cebola frita.

108

— O que elas estão dizendo? — perguntou Kerrand.

— Nada de importante.

Ele fez que sim, lentamente. De repente, ele me pareceu muito solitário.

— Desta vez, o fim será definitivo? — perguntei com mais suavidade.

— Provavelmente não. Mas, por enquanto, sim.

Peguei um tentáculo para remexer o fundo da minha xícara. Ele não tinha encostado na sua. O leite começava a inchar minha barriga. Reajustei meu vestido-suéter para disfarçar.

— Você fica bem de bordô — disse Kerrand.

— Não, isso aqui é grande demais, era da minha tia.

— Estava falando da cor...

Ficamos em silêncio. As moças se serviram de um bolo rosa e ficaram olhando a fatia, sem tocar. Elas não estavam mais conversando. Lá fora, tinha anoitecido. Pela janela dava para ver o mercado. As bancadas sob o toldo, como sarcófagos.

— Na verdade — disse Kerrand —, a única coisa que falta é ela.

Ele estava encarando um ponto na direção do meu ombro.

— A mulher com quem meu personagem ficará.

— Ainda não a encontrou?

— Neste frio, não está muito claro.

Olhei-o.

— Não é culpa minha.

— Como?

— O frio — falei irritada — não é culpa minha.

Ele ergueu a sobrancelha antes de voltar a falar.

— Como você a imagina?

Respondi que não tinha lido seus quadrinhos.

— Não importa, gosto da sua opinião.

Mas ele, eu quis saber, seu herói, o que ele estava procurando?

Kerrand apoiou os cotovelos na mesa.

— Isso me parece evidente.

— Para mim, não.

— Uma história que jamais acabaria. Que narraria tudo. Que abrangeria todas. Uma fábula. Uma fábula absoluta.

— As fábulas são tristes — falei.

— Nem todas.

— Todas as coreanas são. Devia lê-las.

Kerrand se virou para a janela. Da ponta dos lábios, proferi:

— E essa mulher da fábula, o que ela teria de mais?

Ele refletiu.

— Ela seria eterna.

110

Um nó se formou na minha garganta. Como minha opinião poderia importar para ele, o que quer que eu dissesse, quem ele encontraria naquela noite era a outra. O que quer que eu fizesse, ele ficaria distante, voltado para o seu desenho. Que ele, o francês, voltasse para a sua Normandia! Lambi o que restava de creme no meu tentáculo. Levantei. Precisava trabalhar. Kerrand me encarou. Antes de baixar o olhar e dizer em francês, como se para si mesmo, que me acompanharia.

— Prefiro ficar sozinha.

Na rua, senti vontade de me virar, de vê-lo insistir para ficar do meu lado, senti vontade de suplicar para que me alcançasse. Mas ele me seguiu um pouco atrás até a pensão. Sobre o arco do triunfo, o golfinho se pendurava por uma parte de sua nadadeira. Tinha se despedaçado por causa do gelo. Sorriso ao avesso.

Jun-oh chegou dois dias depois, perto da meia--noite. Seu ônibus se atrasara por causa da neve. Aguardei-o na sala da pensão com lula ao gengibre, que ele não quis provar, já tinha comido, que me avisasse da próxima vez.

No caminho para o anexo, fiz ele perceber que não tinha perguntado como eu estava. Ele respondeu que eu tinha parado de telefonar para ele. Não aguentava mais a distância. Eu precisava ir com ele para Seul, seu salário seria suficiente para nós dois enquanto eu procurasse outra coisa. Suspirei. Já tínhamos conversado sobre aquilo, eu não podia abandonar minha mãe. Então ela iria conosco. Balancei a cabeça, ela não teria trabalho lá e eu não queria morar com ela. Jun-oh apertou minha mão. Não podia recusar o trabalho, era uma oportunidade. Pensei novamente em Seul. O álcool, as risadas, as luzes que arrancavam os olhos, o corpo explodindo no meio da algazarra, e sempre aquelas moças, todas aquelas outras moças e rapazes de plástico naquela cidade que se arqueava e se balançava e sempre se achava superior, e falei para ele que tudo bem. Que ele não precisaria abrir mão daquilo por mim. Ele falou que eu era boba. Que me amava muito.

Na cama, ficamos em silêncio. Encaramos o teto. Jun-oh acabou dizendo, com um murmúrio, que pegaria o ônibus de novo amanhã. Meus pés estavam gélidos. Pressionei meu corpo contra o seu. Ele ergueu meu cabelo, procurou minha nuca. Sussurrei que tinha gente no quarto ao lado. Respirando mais forte, ele levantou minha camisola para lamber minha barriga antes de desaparecer entre minhas pernas. Protestei de novo, depois parei de interferir. Com o único desejo de ser desejada.

Levantei cedo para preparar o café da manhã. Quando voltei ao anexo, Jun-oh estava esperando na frente do banheiro, de peito nu, com uma toalha enrolada na cintura. Kerrand fez a porta deslizar numa nuvem de vapor. Ao se deparar com Jun-oh, ficou paralisado por um instante, antes de me cumprimentar com a cabeça e se fechar no quarto. Jun-oh caiu na gargalhada, nunca tinha visto um nariz daquele. Retruquei que ele poderia pedir um igual quando fosse operado. Ele me olhou confuso. Eu tinha mudado. Beijei sua testa, ele estava imaginando coisas, que se apressasse, o ônibus não o esperaria.

Havia uma grande caixa de papelão na recepção. Minha mãe a deixara de manhã, informou-me Park. Ela não quis me ver. Era chouriço de polvo.

Enquanto ia à cozinha para guardá-lo na geladeira, vi a moça dos curativos do outro lado da esquadria de vidro. Ela estava comendo *tteok* com mel. Por ter sido requentado demais, ele se distendia em longos filamentos. Ela deu uma mordiscada, depois levou o celular ao ouvido e movimentou os lábios presos entre as faixas. Após desligar, com muita calma, segurou o curativo com dois dedos. Começou a removê-lo. À medida que a pele se revelava, vi suas feridas gotejarem. As sobrancelhas ainda não tinham crescido de volta. Ela parecia uma pessoa com queimaduras cujo rosto não era feminino nem masculino. Cravando a unha na bochecha, ela a arranhou. Cavou. Arou. Fragmentos rosa-claros se desfizeram sobre seus joelhos, sobre o piso ladrilhado. Por fim, ela olhou ao redor como se estivesse admirada. Com o pano velho que eu usava para secar a louça, ela juntou minuciosamente os curativos e os pedaços de pele, colocou-os no seu prato, por cima do *tteok*, e jogou tudo na lixeira.

Escondi-me atrás da mesa da recepção para que ela não me visse ao sair.

Às 14h, ela partiu de volta para Seul.

No halo do abajur rosa, com Edith Piaf no rádio, Park chupava seu macarrão gorgolejando. Ele tinha me pedido para cozinhá-lo no caldo de carne, estava cansado de peixe. O rádio começou a crepitar. Park o desligou. Parado na frente do aparelho, disse que à tarde, na direção da ponte, tinha visto mais dois hotéis novos. Ele não tinha mais escolha. Pegaria dinheiro emprestado para concluir a renovação do primeiro andar antes do verão, pois sem aquilo a pensão não sobreviveria.

Um pedaço de *kimchi* chafurdava na minha sopa, ladeado por uma boia de gordura, o que me fez pensar nas crostas da moça. Tentando parecer à vontade, perguntei a Park se tinha visto o francês. Depois da partida de Jun-oh, três dias antes, Kerrand tinha ficado enfurnado no seu quarto, DO NOT DISTURB na porta. Eu só percebia sua presença no banheiro, com os restos de creme dental na pia, o sabonete que encolhia. Na véspera, eu tinha cruzado com ele na frente do mercado, ele seguiu em frente sem falar comigo. A névoa estava densa, mas apenas 2 metros nos separavam.

Park murmurou que, ainda por cima, precisaria voltar no dentista. Olhei-o rapidamente. Enquanto ele mastigava, sua garganta palpitava como um passarinho que acabara de nascer e ia morrer.

À noite, telefonei para Jun-oh. Perguntei como ele estava, depois avisei que estava terminando com ele. Houve um silêncio. Achei que ele tivesse desligado. Ele me perguntou o motivo. Levantei-me, afastei as cortinas. Caía uma neve molhada. Protegida por um jornal, uma silhueta se apressava. Ela se engolfou para a ruela antes de desaparecer. Com a voz frágil, Jun-oh acabou dizendo que estava cansado, que ia desligar, depois a gente se falava.

Tirei o suéter. Cheguei perto da janela outra vez, até minha barriga e meus seios se esmagarem contra o vidro. Após o frio me anestesiar, fui dormir.

Do outro lado da parede, a mão estava lenta. Uma pavana de folhas mortas ao vento. Nenhuma violência naquele ruído. Tristeza. Ou melhor, melancolia. A mulher devia estar se aconchegando no oco da sua palma, enroscando-se nos seus dedos, lambendo o papel. Escutei-o a noite inteira. Quis

puxar minhas bochechas para cobrir as orelhas a
noite inteira. O suplício só acabou ao amanhecer,
quando enfim a caneta-tinteiro se calou, adormeci
exaurida.

Na quarta noite, sem aguentar mais, bati à sua porta. Escutei-o fechar o frasco de tinta antes de vir abrir. Pés descalços, rugas sob os olhos. Sua camisa fazia dobras debaixo do suéter. Debaixo da escrivaninha, maços de pranchetas e esboços, uma tigela de macarrão instantâneo. Fiquei me apoiando numa perna e depois na outra.

— Naquele dia, o rapaz, não foi o que você pensou...

Kerrand franziu as sobrancelhas, como se tentasse se lembrar a que eu me referia. Além disso, parecia bastante surpreso. Fiquei me sentindo uma idiota. Perguntei se ele precisava de alguma coisa, ele disse que não, agradeceu. Precisava continuar.

— Posso ver?

— Prefiro que não.

A raiva substituiu meu constrangimento.

— Por quê?

— Se eu mostrar agora, a história nunca será publicada.

— Antes você me deixava ver...

Kerrand se mexeu como se quisesse esconder a escrivaninha de mim. Passou a mão na nuca.

— Sinto muito.

Ele pediu que eu o deixasse, não tinha nada para mostrar, precisava trabalhar.

Deslizei a porta.

Depois a abri novamente e falei sem entonação:

— Seu herói. Ele não a encontrará se for como você. Não aqui. Não tem nada para ele aqui.

Kerrand preparava-se para fazer um risco. Suspendeu o gesto. Na ponta do pincel, uma gota se inchava, prestes a cair. Aquilo me pareceu um estilhaço de angústia no seu rosto, depois a tinta se esmagou no papel, inundando um canto da paisagem.

Atravessei a ruela até a casa principal, até a cozinha, onde desembrulhei o chouriço da minha mãe e, agachada, comi freneticamente, fartando o corpo que me asfixiava, me empanturrando até sufocar, e quanto mais eu engolia mais eu me nauseava, mais meus lábios se agitavam, mais minha língua amassava, até que, ébria de chouriço, desabei e meu abdômen se contorceu e regurgitou uma papa ácida nas minhas coxas.

Uma lâmpada verde se acendeu no corredor. Barulho de passos. O velho Park entrou. Seu olhar percorreu o cômodo. Meu cabelo espalhado pelo rosto. Ele me tomou nos braços, deu tapinhas no meu ombro como se estivesse acalmando um bebê, antes de me agasalhar em seu casaco e me reconduzir até meu quarto, sem dizer uma palavra.

No dia seguinte, executei minhas tarefas com gestos robóticos, esgotada pela distensão abdominal. Assim que foi possível, me enclausurei no quarto para me estender no piso aquecido, com uma almofada sob a lombar, pernas e braços afastados para evitar qualquer contato com minha própria pele. Eu estava apenas de camisola, sem elástico para não apertar minha cintura. Olhei pela janela.

Duas batidas soaram à minha porta. Kerrand. Ele precisava voltar ao supermercado. Eu não precisava acompanhá-lo, mas podia somente traduzir uma palavra para ele?

Prendi a respiração.

Ele acabou dizendo que não tinha problema, que se viraria. Ficou em silêncio. Antes de acrescentar, em francês, que eu tinha razão. Ele se tomava por seu herói há muitos anos. Não me faria perder mais tempo, voltaria para casa. Em quatro dias.

Depois se afastou.

Arrastei-me até a cama e deitei em posição fetal debaixo da coberta.

Ele não tinha o direito de partir. De ir embora com sua história. De exibi-la do outro lado do mundo. Não tinha o direito de me abandonar com a minha, que definharia sobre os rochedos.

Aquilo não era desejo. Não podia ser, não por ele, o francês, o estrangeiro. Não, certamente não se tratava de amor nem de desejo. Eu tinha sentido a mudança no seu olhar. No início, ele não me via. Percebia minha presença como uma serpente que desliza durante os sonhos, como um animal à espreita. Seu olhar, físico, duro, me penetrara. Ele me fizera descobrir algo que eu ignorava, aquela parte de mim que estava lá, do outro lado do mundo, era tudo que eu queria. Existir sob sua caneta-tinteiro, na sua tinta, me banhar nela, que ele esquecesse todas as outras. Ele tinha dito que gostava do meu olhar. Tinha dito isso. Como uma verdade fria e cruel que não afetava minimamente seu coração, apenas sua perspicácia.

Eu não queria sua perspicácia. Queria que ele me desenhasse.

Naquela noite, enquanto ele estava no banheiro, entrei no seu quarto. As pranchetas estavam organizadas. Tinha uma bola de papel molhada de saliva ociosa na lixeira. Desdobrei-a. Estava grudenta. A mulher estava rasgada, mas naquele momento o esboço de um risco bastava para que eu criasse as linhas que ele não tinha desenhado. Ela estava dormindo, com o queixo em cima das palmas abertas. Que ele lhe desse vida, àquela feiticeira, que ela por fim vivesse, que eu pudesse desmanchá-la! Aproximei-me da escrivaninha. A tinta reluzia no frasco. Mergulhei meu dedo nela e a passei na minha testa, no meu nariz, nas minhas bochechas. A tinta escorreu entre meus lábios. Estava fria. Viscosa. Molhei outra vez o dedo no frasco para descer do queixo, seguindo as veias, até a clavícula, e depois voltei para o meu quarto. Uma gota pingou dentro do meu olho. Com a ardência, fechei os olhos com bastante força. Quando quis reabri-los, a tinta grudara minhas pálpebras. Precisei desprender os cílios um por um na frente do espelho para que minha imagem aparecesse outra vez.

Três dias se passaram no ritmo lento dos barcos sobre o marulho. Kerrand não saía do quarto; eu só voltava mais tarde para o meu, para ter certeza de que ele já tinha dormido. Toda noite, eu caminhava até o porto. Os homens se preparavam para pescar lulas. Eles se demoravam na barraca de sopa, ajustando o casaco impermeável para que o vento não penetrasse pela barriga nem pelo pescoço, antes de seguirem para o cais, subirem nos 24 barcos e acenderem as lâmpadas dos cabos estendidos entre a popa e a proa, que atrairiam os moluscos longe do litoral. As bocas não falavam, as mãos se apressavam, cegas, na névoa. Eu andava até o pagode no fim do píer, até os vestígios do alto-mar que tornavam a pele oleosa e deixavam sal nas bochechas e um gosto de ferro na língua e, assim que as milhares de lanternas começavam a brilhar, os pescadores soltavam as amarras e suas armadilhas de luz partiam rumo ao alto-mar, numa procissão lenta e orgulhosa, a via láctea do mar.

Na manhã do quarto dia, enquanto separava as roupas sujas na área de serviço, encontrei uma calça que a moça dos curativos devia ter esquecido. Tirei minha meia-calça para prová-la. Minhas coxas boiaram dentro dela, mas não consegui abotoá-la. À beira das lágrimas, tirei-a. E, quando quis vestir minha meia-calça outra vez, constatei que estava desfiada. Agachei-me para procurar outra na pilha de roupas para lavar e vi Kerrand chegando.

Ele encostou-se na porta, um saco de roupas nas mãos. Puxei meu vestido-suéter para cobrir minhas pernas. Falei que eu separaria as cores, que ele só precisava deixar as coisas. Ele o fez de maneira desajeitada, como se seus braços fossem longos demais para seu torso, antes de mudar de ideia, não valia a pena, seu ônibus partiria no dia seguinte às dez da manhã.

— Vou enviar um exemplar para você quando a história for publicada.

— Não precisa.

Ele se sentou para ficar na minha altura. O cheiro de sabão e de petróleo me dava vertigem.

— Até lá, tem alguma coisa que eu possa fazer para agradecê-la?

Coloquei as roupas na máquina apressadamente. Levantei-me. Quis sair de lá, mas Kerrand colocou a mão atrás do meu joelho. Sem me encarar, com os olhos voltados para o chão, ele se inclinou lentamente. Até pressionar a bochecha na minha coxa.

No tambor, as roupas, cheias de água, começaram a rodar. Um barulho abafado. Subiam e depois caíam. Pesadas. Subiam de novo e caíam. Rodavam, caíam com ainda mais rapidez. Até não serem mais do que um turbilhão, até o turbilhão colidir contra o vidro. O som da máquina parou de me alcançar. Mas não por muito tempo. Foram alguns segundos, no máximo. E o barulho da máquina voltou.

— Queria que provasse minha comida — falei então.

Baixei o olhar. Kerrand estava encarando a máquina. Já ausente, como se tivesse acabado de perder uma guerra e a fadiga falasse mais alto. Ele se levantou e respondeu com um murmúrio:

— Claro.

Em seguida ele saiu e fechou a porta.

132

Depois da refeição da noite, minha mãe e eu nos deitamos para assistir à televisão. Minha mãe se acomodou nas minhas costas, com as pernas dos dois lados dos meus quadris.

— É a primeira vez que vem me visitar num sábado — disse ela, massageando minha nuca.

— O velho Park vai a Seul amanhã, vou precisar ficar na pensão.

A apresentadora mostrava em modelos como fazer um bigode usando um aplicador de pelos e cola. Minha mãe encarava a tela com entusiasmo, talvez Jun-oh estivesse participando do programa, era difícil distingui-los, todos ficavam parecidos na tela. De qualquer maneira, ela estava contente, ele ficaria famoso. Pensei que eu precisava contar do término em algum momento. Ela passou a friccionar meus ombros, insistindo na minha clavícula, que achava visível demais. A pressão de seus dedos fazia com que eu me curvasse em direção aos seus pés. A pele deles estava tão dura que pareciam seixos.

— Devia passar algum creme.

— Ah, você sabe como é...

Durante o comercial, ela voltou da cozinha com um pote de geleia de caqui. De uma marca famosa. Presente da minha tia. Ela furou a tampa, com os olhos brilhando, tinha esperado que eu estivesse lá. Lembrei-a de que eu não gostava da textura de geleia. Minha mãe olhou a etiqueta, decepcionada. Não dava para guardar mais. Ela se acomodou na cabeceira da cama para provar. Na tela, estavam falando de um milagre contra poros dilatados. Peguei a geleia das suas mãos, comecei a prová-la. Senti a moleza descer pelo meu pescoço. Minha mãe suspirou satisfeita, e o tubo catódico voltou a pulverizar seus pequenos clones ao nosso redor.

Ao amanhecer, antes que minha mãe acordasse, atravessei o hangar de descarregamento até o mercado de peixes. Sob o brilho da minha lanterna, os polvos se convulsionavam nos aquários. Louça bagunçada, jarros cheios de um líquido alaranjado. Cheiro azedo. Meus passos no concreto, os barulhos da água. Amplificados. Distorcidos, como se eu os escutasse com a cabeça debaixo da água.

Os baiacus da minha mãe flutuavam de boca aberta, parecendo perplexos. Ela arrancara seus dentes para que não se ferissem uns aos outros. Tinham lábios grossos. Por uma questão de consciência, escolhi o que me parecia mais estúpido. Fora da água, ele começou a dar violentos golpes com sua nadadeira. Em pânico, bati nele com força demais, sua cabeça se esmagou entre meus dedos. Embalei-o num saco para que não escorresse no meu trajeto até a pensão.

O céu começava a rosear. Guardei o peixe na geladeira, tomei um longo banho, vesti uma túnica de tecido sintético antes de tentar pôr as lentes de contato de novo. Daquela vez, elas se grudaram às minhas córneas como ventosas. Com um lápis preto, fiz uma linha debaixo dos olhos. Meu rímel estava ressecado, precisei colocá-lo na água para poder usar. Prendi o cabelo num coque frouxo, recuei para me examinar no espelho.

Estava com um ar cansado. O tecido fazia uma dobra em cima do meu umbigo. Hesitei em trocar de roupa, eu sempre estava com meu vestido--suéter, então fiquei com a túnica.

Ao chegar à cozinha, notei que a esquadria de vidro estava suja, eu precisava limpá-la antes de Park voltar. Liguei o rádio. Discurso do primeiro-ministro japonês sobre um acordo comercial com a China. Coloquei o baiacu na minha bancada, visualizei os gestos da minha mãe. Os meus deveriam ser perfeitos.

Essa espécie não tinha escamas nem espinhos, mas uma pele que rangia sob a mão. Enxuguei-o, cortei as nadadeiras com a tesoura, peguei uma faca, decapitei-o. A cartilagem era mais espessa do que o previsto. Recomecei com uma faca mais pesada. Estalido seco. Fiz uma incisão na pele, em seguida removi de uma vez só a curva do abdômen, antes de enterrar a lâmina como se fosse um caqui maduro, descobrindo as vísceras. Sem ovários, era um macho. Raspei o sangue com uma colherzinha, retirei os intestinos, o coração e o estômago com os dedos para não os perfurar. Lubrificados pela linfa, eles brilhavam. Desprendendo delicadamente o fígado, cortei-o no ponto em que se ligava à vesícula biliar. Era pequeno. Um pudim rosado. Mexi a mão para que estremecesse. Depois, guardei-o numa embalagem hermética e o joguei na lixeira.

Naquele momento, o peixe estava com o aspecto de um balão murcho. Lavei as mãos, enxaguei-o e o cortei em pedaços. Filés frágeis e brancos, como vapor. Após enxugá-los com um guardanapo imaculado para verificar que não restava nenhum sangue, comecei a fatiá-los. Com a mais fina das minhas lâminas. A ponta oscilava levemente.

Uma hora depois, terminei.

Ralei rabanete, preparei um caldo com vinagre de arroz e molho de soja e em seguida escolhi um grande prato de cerâmica. Com madrepérola encrustada, garças levantando voo. Arrumei os pedaços de baiacu nele. Eram tão finos que pareciam plumas, mais sólidas apenas do que o ar. O padrão em madrepérola aparecia sob a transparência. Eu teria adorado que minha mãe visse aquilo.

Na ruela da sra. Kim, um gato veio correndo na minha direção. Com o prato na mão, inclinei-me para dar um tapinha no topo da sua cabeça. Ele ronronou forte, com o focinho voltado para o meu peixe. Olhos vidrados. O bichano me seguiu por alguns metros, miando.

O pórtico estava aberto. Parei. Duas linhas finas na neve atravessavam o pátio, com rastros de passos. Elas começavam no quarto de Kerrand, passavam na frente da fonte, da castanheira, indo até o pórtico, e se distanciavam.

Duas linhas. E os rastros dos seus passos.
Olhei-os.
Antes de seguir pela marquise até seu quarto.

As cortinas estavam fechadas. A coberta, cuidadosamente dobrada em cima da cama. O cômodo ainda continha o odor da sua respiração. De incenso. No espelho, um raio de luz, com poeira. Ela partia do teto, flutuava e se depositava na escrivaninha. Lentamente.

Na escrivaninha, seu caderno desgastado.

Coloquei a bandeja no chão, me aproximei da janela.

Era estranho.

Eu nunca tinha notado que havia tanta poeira na borda. Sentei-me na cama. Delicadamente. Não amarrotar os lençóis. O zumbido nos meus ouvidos. Cada vez mais leve. A luz também passou a ficar mais suave, tornando os contornos do quarto menos nítidos. Olhei o peixe. A mancha de tinta ao pé da cama. Ela se apagaria com o tempo.

Então peguei o caderno e o abri.

O herói encontrara um pássaro. Uma garça-real. Os dois estavam no litoral, olhando o mar, era inverno. Às costas deles, a montanha sob uma carapaça de neve. Vigiando. As vinhetas eram vastas, estouradas. Sem nenhuma palavra. A ave parecia velha, tinha somente uma pata e plumas prateadas, era bonita. Do seu bico brotava água, um rio, esse rio nutria o oceano.

Virei as páginas.

Sem idade nem rosto, personagens revelavam ao passar, mas sutilmente, cores, leves marcas na areia molhada. Nuances em amarelo e azul misturadas ao acaso, como o desenho de uma mão que descobria seu poder. Eles andavam uns atrás dos outros ao vento, saíam lentamente das vinhetas porque o mar se estalava na praia, recobria a montanha, transbordava no céu sem outros contornos, sem nenhuma outra fronteira além da beira do caderno. Era um lugar que não era um lugar. Um daqueles locais que tomam forma no instante em que pensamos neles, para depois se dissolverem, um limite, uma passagem, onde a neve encontra a espuma ao cair, com uma parte do floco evaporando e a outra se juntando ao mar.

Virei as páginas de novo.

A história se diluía. Ela se diluiu como uma errância entre meus dedos, diante da minha vista. A ave fechara os olhos. Só tinha azul no papel. Páginas de tinta azul. E aquele homem no mar, tateando no meio do inverno, deixava-se deslizar entre as ondas, e sua esteira, insinuando-se, criava formas femininas, um ombro, um ventre, um seio, o côncavo da lombar, depois descia até não passar de um traço, um fio de tinta sobre a coxa, que tinha uma longa e delgada

cicatriz,

talho de pincel

sobre a escama de um peixe.

Das Andere

últimos volumes publicados

27. Yasmina Reza
O deus da carnificina
28. Davide Enia
Notas para um naufrágio
29. David Foster Wallace
Um antídoto
contra a solidão
30. Ginevra Lamberti
Por que começo do fim
31. Géraldine Schwarz
Os amnésicos
32. Massimo Recalcati
O complexo de Telêmaco
33. Wisława Szymborska
Correio literário
34. Francesca Mannocchi
Cada um carregue
sua culpa
35. Emanuele Trevi
Duas vidas
36. Kim Thúy
Ru
37. Max Lobe
A Trindade Bantu
38. W. H. Auden
Aulas sobre Shakespeare
39. Aixa de la Cruz
Mudar de ideia
40. Natalia Ginzburg
Não me pergunte jamais

41. Jonas Hassen Khemiri
A cláusula do pai
42. Edna St. Vincent Millay
Poemas, solilóquios
e sonetos
43. Czesław Miłosz
Mente cativa
44. Alice Albinia
Impérios do Indo
45. Simona Vinci
O medo do medo
46. Krystyna Dąbrowska
Agência de viagens
47. Hisham Matar
O retorno
48. Yasmina Reza
Felizes os felizes
49. Valentina Maini
O emaranhado
50. Teresa Ciabatti
A mais amada
51. Elisabeth Åsbrink
1947
52. Paolo Milone
A arte de
amarrar as pessoas
53. Fleur Jaeggy
Os suaves anos do castigo
54. Roberto Calasso
Bobi

Dados Internacionais
de Catalogação na Publicação (CIP)
(Câmara Brasileira do Livro, Brasil)

Dusapin, Elisa Shua
  Inverno em Sokcho / Elisa Shua
  Dusapin; tradução Priscila Catão --
  2. ed -- Belo Horizonte, MG :
  Editora Âyiné, 2024.
  Título original: Hiver à Sokcho
  Isbn 978-65-5998-159-5
1. Romance francês.
I. Título.
  24-214511
  CDD 843

Índices para catálogo sistemático:
1. Romances : Literatura francesa 843
Tábata Alves da Silva -
  Bibliotecária - CRB-8/9253
Nesta edição, respeitou-se
  o Novo Acordo Ortográfico
  da Língua Portuguesa.